Über dieses Buch An dem Tag, als Concord Webster achtzehn wurde, starb der Teufel.
Der richtige Name des Teufels war Judge Martin, aber Concords Mutter hatte immer erzählt, er sei der Teufel. Sie nannte sein Haus Hades und sagte, er halte Fledermäuse und Schlangen in seinem Schlafzimmer. Aber woher wußte sie das? Und warum hatte sie, die ihn so abgrundtief haßte, einen Schlüssel zu seinem Haus?
Concord findet bald heraus, daß der Schlüssel nicht nur den Hades aufschließt, sondern auch Geheimnisse enthüllt, die tief in den Häusern seiner Straße und in den Herzen der Menschen, die darin wohnen, verborgen liegen. Er beginnt zu verstehen, daß seine eigene Lebensgeschichte drei Generationen zurück verwurzelt ist, in einer Welt, in der wundersame Babys zu Vögeln sprechen, geliebte Menschen in Blätterhaufen verschwinden und die Lebenden und die Toten in Liebe und Schuld aneinander gefesselt sind.

Der Autor Philip Ridley wurde im Londoner East End geboren, wo er auch heute noch lebt und arbeitet. Er studierte bis 1984 Malerei an der St. Martin's School of Art. Seitdem hatte er mehrere sehr erfolgreiche Ausstellungen.
Philip Ridley ist ein künstlerisches Multitalent: Er veröffentlichte Kurzgeschichten, schrieb ein Hörspiel und machte zudem als Filmemacher auf sich aufmerksam, beispielsweise mit dem auch in Deutschland erfolgreichen Film »Der Schrei in der Stille«. Die Süddeutsche Zeitung schrieb dazu anläßlich des 43. Internationalen Filmfestivals von Locarno: »Nur ›Der Schrei in der Stille‹, Philip Ridleys poetisch-grausame Geschichte zwischen Kindheit und Jugend... brachte eine Spur Subversivität in die eher homogene Siegergruppe des Festivals...«
Von der gleichen Art ist Philip Ridleys erster Roman. Mit ›Wer hat Angst vorm schwarzen Mann‹ wird die Kunst des Geschichtenerzählens vorgeführt, die eine eigene Welt mit ihren eigenen Mythen erschafft und dies mit einer sprachlichen Ausdruckskraft, die durch ihre Magie und Intensität gefangennimmt.

Philip Ridley

Wer hat Angst vorm schwarzen Mann

Aus dem Englischen
von Rose Aichele

Fischer Taschenbuch Verlag

Ungekürzte Ausgabe
Veröffentlicht im Fischer Taschenbuch Verlag GmbH,
Frankfurt am Main, Oktober 1991

Titel der englischen Originalausgabe: ›In the Eyes of Mr. Fury‹
Erschienen bei Penguin Books Ltd. London, England

Umschlaggestaltung: Friederike Simmel
Umschlagfoto: Guenter Moell
Gesamtherstellung: Clausen & Bosse, Leck
Printed in Germany
ISBN 3-596-10683-4

Widmung

Für meinen Vater und meine Mutter
– ich habe Liebe erfahren, seitdem mein Leben anfing

Erster Teil

Die Fliege auf dem Zuckerguß

1. Kapitel

Ich war siebzehn, als der Teufel starb. An meinem achtzehnten Geburtstag fanden wir seinen Leichnam. Eine Fliege auf dem Zuckerguß war für uns das untrügliche Omen.

Soweit ich mich erinnern kann, hatten wir vom alten Mr. Martin immer nur als »dem Teufel« gesprochen. In Wirklichkeit hieß er Judge, also »Richter« Martin, obwohl er mit dem Gericht nichts zu schaffen hatte. Nach der Geburtsurkunde war Judge sein Vorname. Habe ich mir wenigstens sagen lassen.

Während meiner Kindheit hat man mir mancherlei Geschichten über den alten Judge Martin erzählt: daß er das Fleisch von kleinen Kindern kocht und mit Kohl verzehrt, daß er Fledermäuse und Schlangen in seinem Schlafzimmer hält und sich bei Vollmond in einen Werwolf verwandelt. Die schrecklichste dieser Geschichten war, daß er mich – wenn ich unartig wäre – meinen Eltern wegnehmen und im Hades gefangenhalten könnte. All diese Schauermärchen stammten von meiner Mutter. Ich glaube auch, daß Mom damit angefangen hat, ihn »den Teufel« zu nennen, obwohl ich es nicht beschwören kann. Fest steht, daß sie ihn haßte und daß sie es war, die auf sein Haus als »Hades« anspielte.

»Komm dem Teufel nicht zu nahe«, pflegte sie mir einzuschärfen. »Kleine Kinder wie dich wirft er seinem Lieblingsmonster zum Fraß vor. Aus den Überresten macht er Lampenschirme und Seife… Er ist ein Dämon. Jedesmal, wenn du mich zum Weinen bringst, macht er in seinem großen schwarzen Buch ein Kreuz hinter deinem Namen. Wenn er genug Kreuze gesammelt hat, kann er dich mir wegnehmen. Und ich könnte nichts dagegen tun.«

»Nein, *ehrlich*?« erkundigte ich mich besorgt.

»Klar!«
»Und er hat wirklich ein Monster?«
»Ja, hab ich dir doch gesagt!«
»Hast du's eigentlich schon mal gesehen?«
»Klar!«
»Wie sieht's denn aus?«
»Ach, grauenhaft!«
»Aber wo hat er's denn untergebracht?«
»In jedem Haus ist Platz für ein Monster!«
»Aber Papa würde ihn doch bestimmt daran hindern!«
»Jetzt hör mir mal gut zu, mein Junge! Ich hatte ein Kind, bevor du unterwegs warst, und dieser Teufel hat es mir genommen!«
Dann kicherten wir und lagen uns zitternd und bebend in den Armen, als ob uns dabei elektrische Spinnen über den Buckel kröchen.
Natürlich glaubte ich nie an solche Schauermärchen, und auch Mom konnte sich nur mit äußerster Mühe ein Lächeln verbeißen, wenn sie sie erzählte. Schließlich waren sie nur ein Vorwand, um über Judge Martin herzuziehen. Er faszinierte sie, wie er uns alle faszinierte. Er war so abgrundhäßlich: Im Sommer trug er immer eine schmuddelige Weste, die seine behaarten Schultern und den Rücken freiließ. Wie eine riesige, haarige Raupe pflegte er dann in seinen Hausschuhen die Straße entlangzuschlurfen. Aber Judge Martin war nicht nur auf dem Rücken behaart, er hatte überall Haare: auf den Fingern, in den Ohren, sogar auf der Nase, so daß es also nicht besonders abwegig war, ihn für einen Werwolf zu halten, weil er schon von seinem Äußeren her halb wie ein Tier wirkte.
Im Alter von fünf oder sechs Jahren spielte ich oft mit Loverboy »Glockenputzen« an der Tür des Teufels. Manchmal riskierten wir es beide hintereinander, zu klopfen und bis sieben zu zählen, bevor wir davonrannten. Eines Tages flog die Tür auf, als ich gerade bis vier gekommen war und der Teufel mich erwischte. Ich kann mich noch sehr gut an

meine Furcht erinnern, als ich ihn dort stehen sah. In seinem schwarzen Bart hingen Brotkrumen. Seltsam, was mir trotz meines zarten Alters damals alles auffiel: sein schlaftrunkener Blick, der offene Hosenschlitz, die Art, wie er mich anblinzelte, als er mich sah, als ob *ich* das Gespenst und kein Menschenkind wäre. Durch meine ungeheure Furcht ätzte sich dieses Bild von ihm unauslöschlich in mein Bewußtsein. Zum erstenmal in meinem Leben erfuhr ich, was es hieß, sich vor Angst in die Hose zu machen. Das wäre mir auch beinahe passiert, aber ich war wie erstarrt. Ich konnte mich nicht von der Stelle bewegen, als mir Loverboy von der Straßenecke aus zurief: »Los, hau ab!« Plötzlich fing der Teufel an zu brüllen und machte einen Schritt nach vorn. Er stank ganz entsetzlich aus dem Mund. Ich habe keine Ahnung, wie Pech und Schwefel riechen, dennoch bin ich sicher, daß der Atem des Teufels danach roch.

Ich schrie vor Angst und flog in Loverboys Arme. Ja, ich flog und bin auch heute noch überzeugt davon, daß meine Füße bis zum Ende der Straße kein einziges Mal den Boden berührten. Manchmal wird eben das Unvorstellbare Wirklichkeit.

Ich flüchtete mich mit Loverboy in die Burg – ein Versteck, das unseres Wissens keiner kannte. Es befand sich im Keller eines alten Hauses, das, wie es hieß, noch nie bewohnt gewesen war. Es hatte jedenfalls schon leer gestanden, als meine Mutter noch ein Kind war, und sie hatte ihr ganzes Leben in dieser Straße zugebracht. Loverboy und ich nannten es die Burg, weil es aussah, als ob dort Vampire hausten. Wir waren besessen von Monstern und Gespenstern. Beide träumten wir davon, eines Tages in Horrorfilmen mitspielen zu können, und schufen uns unsere eigene Welt in der verlassenen Burg. Nicht selten brachten wir dort den ganzen Tag damit zu, die Szenen durchzuspielen, die sich im Hexenkessel unserer kindlichen Phantasie zusammengebraut hatten. Loverboy war stets der Vampir, während ich

den Priester spielte. Meine Aufgabe bestand immer darin, das Böse auszutreiben.
Solange ich denken kann, war ich mit Loverboy Tallis befreundet. Unsere Mütter waren zur gleichen Zeit mit uns beiden schwanger gewesen. Wenn sich die beiden Frauen trafen, sollten wir angeblich jedesmal in unserem Mutterleib angefangen haben, uns zu winden und zu treten, als ob wir versucht hätten, zueinander zu gelangen. »Ihr wart schon vor eurer Geburt befreundet«, bemerkte meine Mom immer wieder gern und hatte wahrscheinlich recht damit. Ich erfuhr auch, daß wir am gleichen Tag zur Welt kommen sollten, aber meine Mom wurde eines Morgens durch den Überschallknall eines Düsenflugzeuges so erschreckt, daß ich zu früh geboren wurde. So kam ich zu meinem Namen. Mom meint, daß sich Dicky Tallis, also Loverboys Vater, den Namen ausgedacht hat. Er hatte wirklich ein gutes Gespür für Namen. Wie man an seinem Sohn sieht.
Meinen Namen will ich aber erst später verraten. Man soll ja nichts überstürzen. Nach und nach und bedachtsam wird schon noch alles erzählt werden. So, wie es sich mir enthüllte, in einem Puzzle und beinahe widerstrebend. Namen sind dabei wichtig. Alles fängt mit Namen an. Wenn ich bereit bin, mit meiner Geschichte zu beginnen, werde ich auch meinen Namen preisgeben.
In letzter Zeit habe ich viel über Anfänge nachgedacht. Über Anfänge, Schlüsse, Geschichten und wie sie eigenartigerweise gar nicht existieren – oder wenn sie existieren, wie veränderbar sie zumindest sind. Es gibt keine absolute Wahrheit. Nur Interpretationen. Meine Geburt zum Beispiel – die ich mir als eine Art Anfang vorstelle, der durch das donnernde Gurren eines metallenen Riesenvogels verursacht wurde. Aber gleichzeitig ging dabei auch etwas zu Ende, weil ich seit damals meinem Tod entgegengehe. Ich war schon ein Epilog, als ich mir meinen Weg durch einen Prolog aus Blut bahnte, um meinen Loverboy Tallis berühren zu können.

All die Zeit, in der ich glaubte, meine Kindheit, meine Geschichte zu erleben, war ich nur schmückendes Beiwerk, eine Nebenhandlung im Leben anderer gewesen. Ich hielt Faith Niven für meine Mutter, aber statt dessen war ich nur ihr Kind, ihr Echo. Ihre Erfindung. Eine Art Homunculus, dessen einziger Lebenszweck darin bestand, Faith mit Erinnerungen einzudecken. Erinnerungen, bei denen sie sich in Sicherheit wiegte. Vielleicht hoffte sie, daß über kurz oder lang die guten Erinnerungen die schlechten zerstören oder sie wenigstens überdecken würden. Ach, ich weiß nicht, vielleicht bin ich ihr gegenüber ungerecht. Ich weiß wirklich nicht...

Es gibt etwas, das mir unvergeßlich bleiben wird:

Eines Tages – wir befanden uns gerade in der Burg – war in unserer Straße ein entsetzlicher Lärm zu hören – Autoreifen quietschten wie jaulende Katzen. Wir stürzten hinaus, um zu sehen, was passiert war: Ein großer Wagen war halb auf den Gehsteig geschlittert. Der Kopf des Fahrers ragte durch die Windschutzscheibe wie eine rote Erdbeere. Unter dem Vorderrad lag ein kleines Mädchen. Es war Ruth Enders. Frauen kreischten. Tagsüber gehörte die Straße den Frauen und Kindern. Die Männer waren alle bei der Arbeit, von der Bildfläche verschwunden.

Das Kind lag hilflos unter dem Vorderrad. Es hatte das Bewußtsein verloren. Auf seinem Gesicht war nicht die Spur einer Verletzung. Kein Blut. Nichts. Es atmete langsam und schwer. Als ob es schliefe. Plötzlich rannte seine Mutter schreiend die Straße entlang und verlor dabei den Inhalt ihrer Einkaufstasche. Nun war aber Mrs. Enders zu jener Zeit nur etwa halb so groß wie ich, und ich war nicht besonders groß für mein Alter. Eine kleine, spindeldürre Frau mit einem kränklichen Aussehen. Wie mein Vater immer sagte: Durch ein kräftiges Niesen würde Mrs. Enders weggepustet. Und diese Frau, die einem gerupften Huhn glich, stürmte nun zum Wagen, beugte sich hinab und stemmte ihn empor, um ihr Kind zu befreien. Sie hob das Auto

– einen chromblitzenden, schwarzen Jaguar – so mühelos in die Höhe, als ob er aus Pappe wäre. Ein paar andere Frauen zogen Ruth Enders unter dem Rad hervor. Über ihrem linken Bein und an der Hüfte waren Blutspuren. Aber sie lebte. Ihre Mutter setzte dann den Jaguar so sanft, wie sie konnte, wieder ab. Als ob er aus Porzellan gewesen wäre!
Ich war wirklich *dabei*, als es passierte. Nun *erinnere* ich mich wieder daran.
Wie man sieht, ist jeder zu allem fähig. Wir können immer und überall einem Wunder begegnen.
So verbrachte ich meine Kindheit in der Straße der Frauen: wo die Männer nicht in Erscheinung traten und der Teufel wie eine behaarte Raupe mit schwefligem Atem herumkroch; wo die Mütter Killer-Jaguare von ihren hilflosen Kindern emporwuchteten; wo metallene Riesenvögel die Babys mit einem donnernden Gurren aus dem Mutterschoß hervorlockten; wo ich mich mit meinem Loverboy Tallis in der Burg der Vampire versteckte; wo sich an meinem achtzehnten Geburtstag eine Fliege auf dem rosaroten Zuckerguß meines Geburtstagskuchens niederließ und mir verriet, daß der Teufel tot war.
Ich heiße Concord Webster.

2. Kapitel

»Herrgott, schon wieder eine Fliege! Das ist ja schon fast wie eine Heimsuchung! Ich habe mein Lebtag noch nie so viele auf einem Haufen gesehen!« jammerte Mom und pickte mit spitzen Fingern eine Fliege von der klebrigen Glasur, die sie in den Strauch Tränende Herzen warf. »Abscheuliche Dinger, an denen wir noch zugrunde gehen werden!«
Wir saßen im Garten hinter dem Haus, wo wir meinen Ge-

burtstag feierten. Die Luft war still und schwer vom Duft der Blumen. Es war einer der heißesten Tage, die ich jemals erlebt habe. Papa bezeichnete ihn als wahrhafte Hölle. Der Kuchen auf den Papptellern war trocken, bevor wir ihn verzehren konnten.
»Alles Gute zum Geburtstag, Liebes«, sagte meine Mutter und küßte mich auf die Wange. Sie ließ die Finger durch mein langes, rotes Haar gleiten und sagte: »Wie schön! Wie wunderschön dein Haar doch ist!« Dann küßte sie mich wieder. »Herzlichen Glückwunsch zum Geburtstag, mein Schatz!«
»Ja, herzlichen Glückwunsch, Concord«, sagte Ivy Tallis.
»Alles Gute!« fügte Angela hinzu.
Ich bekam einen roten Kopf.
»Du Dummerchen, brauchst doch deswegen nicht gleich rot zu werden!« sagte Ivy.
»Er ist eben schüchtern«, wandte Mom ein.
»Bei so einer Mutter?«
»Er hat mein gutes Aussehen geerbt, das ist schließlich die Hauptsache!«
»Aber meine liebe Faith Webster, du weißt doch genausogut wie ich, daß er seinem Vater nachschlägt!«
»Gottlob hat er meine Nase!«
»Aber die Augen sind von seinem Vater!«
»Nun gut, sind es eben Ronnies Augen. Hoffen wir, daß er damit besseren Zeiten entgegenblickt als wir!«
»Du hast es doch nicht so schlecht erwischt!«
»Aber auch nicht besonders gut, Ivy!«
»Was willst du eigentlich noch alles? Mit deinem gutaussehenden Mann und dito Sohn und schönem Heim hast du doch wirklich Schwein gehabt, Faith Webster!«
»Ach, du hast natürlich recht. Wenn ich mir die eine oder andere so ansehe, schäme ich mich wegen meines Gejammers. Sei dankbar für alles, was dir beschert wurde, pflegte meine Mutter immer zu sagen.«
»Und hatte natürlich recht damit. Schließlich hast du dich

gut gehalten und bist immer noch die schönste Frau weit und breit. Anwesende ausgenommen«, fügte sie hinzu und lächelte dabei Angela an.
Angela grinste zurück.
»Wo bleibt denn deine bessere Hälfte?« fragte Mom.
Angela wollte gerade antworten, aber Ivy kam ihr zuvor.
»Er hilft seinem Vater im Laden«, erklärte sie. »Ab Herbst wird er dort den ganzen Tag arbeiten. Ein bißchen Übung kann nicht schaden. Außerdem braucht er auch etwas Taschengeld, um für den Verlobungsring zu sparen. Stimmt's, Angela?«
»Ja«, meinte Angela, »schon möglich.«
»Hast du aber Schwein, Mädel«, sagte Mom. »Loverboy ist bestimmt ein Schatz und macht seinem Namen alle Ehre. Was, Angela?« Sie lachte über ihren eigenen Witz. »Hör doch nur, wie ich im Beisein deiner zukünftigen Schwiegermutter über Loverboy rede! Wenn ich zwanzig Jahre jünger wäre, würde ich mich selbst so richtig in ihn *verknallen* und ihm nachrennen!« Sie faßte nach ihrem hochtoupierten Haar. Diese Frisur hatte sie unverändert noch aus der Zeit vor meiner Geburt beibehalten. »Wenn ich mir's genau überlege, kann ich mich ja auch heute noch durchaus sehen lassen. Aber du müßtest mal wieder vorbeikommen und mir mein Haar legen, Angela!«
»Du bist doch wirklich eine alte Hexe, Faith Webster!« Ivy trank ihren Wein aus und mußte aufstoßen. »Ach du meine Güte, ich glaube, ich habe einen Schwips!«
»Das würde mich auch nicht wundern«, erwiderte Mom, »schließlich hast du die Flasche ja ganz allein leergetrunken!«
»Laß den Quatsch! Ich bin ja nicht die einzige, die hier trinkt!«
»Doch! Connie und Angela haben keinen Tropfen angerührt.«
»Dafür hast du dich aber vollaufen lassen!« sagte Ivy.
»Das ist mein erstes Glas!«

»Vielleicht das erste Glas, aber den Inhalt hast du schon mehrmals erneuert!«
»Es ist das erste, wenn ich's dir sage!«
»Paß nur auf, daß du keine Säufernase bekommst!«
»Meine liebe Ivy, ich bin vollkommen nüchtern!«
»Warum sind dann deine Augen so rot unterlaufen?«
»Sind sie das wirklich?« fragte meine Mutter und nahm eine Puderdose aus ihrer Blusentasche, die sie wie ein Folterinstrument aufklappte, und besah sich ihre Augen. »Also gut, ich bin stockbesoffen!«
»Was für Ausdrücke du vor deinem Sohn gebrauchst!«
»Er kennt noch viel schlimmere!«
»Von wem denn?«
»Wahrscheinlich von deinem Sohn!«
»Loverboy gebraucht solche Ausdrücke nicht!«
»Natürlich nicht. Ich hab ganz vergessen, was für ein Engel Loverboy ist! Bitte verzeih der armen Sünderin!« Sie schenkte sich und Ivy noch ein Glas Wein ein. »Jetzt ist mein Sohn also achtzehn«, fuhr sie fort, und ihre Augen füllten sich mit Tränen. »Ivy, kommt es dir wirklich wie achtzehn Jahre vor?«
»Ach, laß das!«
»Erinnerst du dich noch?«
»Ach, laß das!«
»Achtzehn Jahre! Und doch kommt es mir so vor, als ob wir Loverboy und Connie erst gestern im Park spazierengeführt...!«
»Laß das!«
»...und Enten gefüttert hätten!«
»Es waren ja so schöne Babys!«
»Und so brav!«
Die beiden trockneten sich die Tränen.
Ich sah zu Angela hinüber. Sie lächelte.
»Kommt Loverboy noch?« fragte sie leise.
»Ja, ich schätze gegen sieben«, antwortete ich. »Dann lassen wir uns so richtig vollaufen!«

»Ich muß heute abend auf meinen kleinen Bruder aufpassen. Meine Eltern gehen aus und können Paul doch nicht allein lassen.«
»Zu dumm!«
»Ja, zu dumm!« sagte sie und lächelte.
»Sag, es stimmt doch alles bei dir?«
»Klar!«
»Stimmt etwas nicht mit dir und Loverboy?«
»Wie kommst du darauf?«
»Ach, nur so.«
»Warum, hat er was gesagt?«
»Nein, war nur 'ne Frage.«
»Hm. Alles in Butter. Wie eh und je.«
»Gut.«
»Hm.«
»Oder doch nicht?«
»Ich glaube schon.«
»He, ihr da drüben«, sagte Mom, »was gibt's denn da zu tuscheln? Alle Karten offen auf den Tisch!« Und nach einer kurzen Pause fügte sie noch hinzu: »Alles zu seiner Zeit und wo es hingehört!«
Die beiden Frauen brachen in schallendes Gelächter aus. Angela und ich fingen ebenfalls an zu lachen.
»Ach«, rief Ivy plötzlich, »wie die Zeit vergeht! Ich muß ja gehen! Euer Ronnie kommt jetzt dann auch bald nach Hause und wird mich hier nicht sehen wollen, wenn er nach einem anstrengenden Arbeitstag heimkommt!«
»Und ich muß das Abendessen für ihn machen«, sagte Mom. »Und siehe da, Jesus weinte... Noch mehr Fliegen! Ich möchte wetten, daß hier in der Nähe etwas verwest! Wahrscheinlich ist wieder eine Katze in den Schornstein gefallen, wie schon einmal. Erinnerst du dich noch, Ivy?«
»Ach, laß doch!«
»An den entsetzlichen Gestank?«
»Ach, laß doch!«
»Der wochenlang anhielt?«

»Ach, laß doch!«
»Und dann zog Dicky die Katze aus eurem alten Kamin. Steckte einfach die Hand hinein und zog den Kadaver herunter. Ein Anblick, den ich nie vergessen werde, mit all den Fliegen und Maden!«
»Jetzt hör doch endlich auf damit, Fay! Mir wird schon bei dem bloßen Gedanken daran ganz schlecht!«
»Dann trink noch ein Glas!«
»Nein, ich muß jetzt gehen!«
»Richtig. Connie, bedank dich bei Mutter Ivy für dein Geburtstagsgeschenk!«
»Vielen Dank, Ivy«, sagte ich, »es ist wunderschön!«
»Gern geschehen, mein Schatz! Noch einmal vielen Dank, Faith, und vergiß nicht, daß Loverboy im nächsten Monat Geburtstag hat! Wir werden dann bei uns ein bißchen feiern.«
»Hoffentlich ohne Fliegen!« setzte meine Mutter hinzu.
»Ja, hoffentlich!«
Mutter ging mit Ivy Tallis ins Haus. Ihre Stimmen entfernten sich immer mehr, als sie sich von der Küche durch den Flur zur Eingangstür begaben.
Ich wandte mich wieder Angela zu, die sich die Kuchenkrumen vom Kleid herunterbürstete. Eine Geste, die mir entsetzlich nervös vorkam, weil sie mir gar nicht zu Angela zu passen schien. Dann strich sie die Falten ihres zitronengelben Kleides glatt.
»Was ist denn bloß los mit dir?« fragte ich sie.
»Ach nichts, Connie!«
»Ich seh's dir doch an!«
»Warum meinen denn alle, mich so verdammt gut zu kennen? Ach, tut mir leid, Con. Wirklich. Es tut mir leid. Und das auch noch an deinem Geburtstag! Ja, irgendwas ist schiefgegangen. Aber ich weiß selbst nicht genau was. Ehrlich, ich weiß es nicht. Na ja, wahrscheinlich kommt alles zusammen: Seit ich mich erinnern kann, feiern wir deinen Geburtstag hier im Garten hinter eurem Haus. Immer

mit den gleichen Leuten. Heute ist es das erste Mal, daß Loverboy nicht dabei war. Aber sonst sind immer Loverboy und seine Mutter, du und deine Mom und ich dabei. Soweit ich zurückdenken kann, wurde immer davon gesprochen, daß ich einmal Loverboy heiraten werde. Was nun ja auch wirklich geschieht. Ich warte nur noch auf diesen verdammten Verlobungsring, von dem alle sprechen. Ach, ich weiß nicht, aber mir kommt es so vor, als ob mir nichts anderes übrigbliebe und ich bei der Sache nicht mitreden dürfte! Ich bin achtzehn. Ich arbeite bei einem Friseur. Ich tue so dies und das. Aber diese Dinge haben nicht wirklich mit mir zu tun oder gehen mir nahe. Verstehst du, was ich meine? Es ist beinahe so, als ob bei unserer Geburt schon alles festgelegt wurde: So und nicht anders wird unser Leben verlaufen! Wir haben keine andere Wahl! Wie vor uns unsere Eltern leben wir alle in dieser verfluchten Straße. In unserem Alter waren auch unsere Mütter und Väter miteinander befreundet; die Freunde werden erwachsen, heiraten einander und leben in denselben Häusern in derselben Straße weiter. Ach, alles kommt einem so sinnlos vor!
Weißt du, daß ich nie danach gefragt wurde, ob ich Loverboy auch wirklich heiraten möchte? Kein einziges Mal. Weder von meiner Mutter, meinem Vater oder Loverboys Mutter. Von keinem! Sie fragen mich höchstens: ›Hat er eigentlich schon einen Verlobungsring für dich?‹ Ich werde dabei nur mitgeschleust wie ein Fischkadaver in einem Fluß. Hineingerissen in den Lauf der Dinge! Und noch etwas: Weißt du, daß ich mich nicht einmal selber gefragt habe, ob ich Loverboy auch wirklich heiraten will? Seltsam, nicht wahr? Wie alle anderen habe ich mich in mein Schicksal gefügt. Ich werde Loverboy heiraten, weil ich ihn schon ein ganzes Leben lang kenne. Er wird mir einen Verlobungsring schenken, und wir werden in seinem Elternhaus zusammenleben. Ach, eine endlose Geschichte! Es ist wie eine Ehe, die man mir aufbrummt und die überhaupt nichts mit mir zu tun hat! Die Geschichte meines Lebens

ist: daß ich eines Tages Mrs. Loverboy Tallis sein werde! Ich war nie ich selber. Zuerst war ich eine Tochter, dann eine Verlobte, demnächst werde ich eine Ehefrau sein und dann eine Mutter. Alles so verdammt sinnlos!
Um fair zu sein, muß ich aber sagen, daß auch Loverboy von keinem gefragt wurde. Niemand hat ihn gefragt, ob er mich heiraten will. Verstehst du, es ist eben unser Schicksal! So wie es dein Schicksal ist, sein bester Freund zu sein. Ich könnte dir nicht einmal sagen, ob ich Loverboy auch wirklich *liebe*. Seltsam, nicht wahr? Ich weiß alles mögliche von ihm, und doch kenne ich ihn überhaupt nicht. Ich weiß vermutlich alles, um ihm eine gute Ehefrau sein zu können, weiß, wie er seinen Tee trinkt, daß er sein Essen gut durchgebraten mag und nur schlafen kann, wenn er etwas Schweres auf sich liegen hat. *Du* kennst ihn sehr viel besser als ich. Es ist doch wirklich seltsam, daß ich mit dir viel besser auskomme als mit ihm und ihn trotzdem heirate. Andererseits mag Loverboy dich viel mehr als mich und heiratet trotzdem mich. Wir machen eben alles verkehrt, Connie!
Und daß du's nur weißt: Ich komme mir immer verdammt überflüssig vor, wenn du mit Loverboy zusammen bist, so als ob ich in eurer Gesellschaft nichts verloren hätte. Ich fühle mich dann wie eine Außenseiterin, die man nur duldet, weil sie eines Tages Loverboys Frau sein wird. Und zu mehr als seiner Ehefrau werde ich's wohl nicht bringen. Alles ist so verdammt sinnlos! Sinnlos, nutzlos und verdammt wertlos!«
Noch nie hatte ich Angela so sprechen hören. Plötzlich entdeckte ich etwas Unbegreifliches an ihr, das mir bislang verborgen geblieben war. Etwas, von dem sie besessen war wie von einem Dämon oder Quälgeist und das mit ihrer gewohnten Lebensweise nichts zu tun hatte. Wahrscheinlich überzeugen uns die Leute durch das, was sie sagen und tun. Aber manchmal ist das wirklich sehr wenig oder fast gar nichts.

»Ich dachte immer...«, fing ich an.
»Was dachtest du, Connie?«
»Nun...«, stammelte ich, »daß du es so gewollt hast!« Plötzlich fand ich mich überhaupt nicht mehr zurecht. Nur die besten Freunde können einen derartig verwirren!
»Das ist es ja! Ich will zwar etwas anderes, aber habe selber noch nicht herausbekommen was. Ich bin nur eine Marionette, die an ihren Fäden gezogen wird, eine Puppe in einem Puppenhaus. Schau dich doch selber einmal an, Concord Webster! Was willst denn du? Willst du vielleicht für den Rest deines Lebens hierbleiben? Genügt es dir wirklich, mit Loverboy befreundet zu sein?«
Mom kam herbeigeeilt. Ihre Wangen glühten, die Augen waren gerötet. Sie drehte nervös an ihren Fingerringen herum und drückte das kegelförmig aufgesteckte Haar an.
»Ach du meine Güte«, sagte sie, »ich bin wohl ein bißchen blau! Angela, sei ein Schatz und hilf mir beim Aufräumen! Ron bekommt Zustände, wenn ich sein Abendessen nicht rechtzeitig fertig habe.«
»Aber Mama will doch, daß ich...«
»Ach, es ist im Nu gemacht, und ich hab noch so viel zu tun!« sagte sie und verschwand mit einem Stoß Teller und Tassen in der Küche.
Angela grinste mich an.
»Gut, ich helfe ihr«, sagte ich.
»Nein, du hast heute Geburtstag. Außerdem wird's auch gar nicht von dir verlangt!«
Ein Marienkäfer ließ sich auf Angelas Handrücken nieder, der unglaublich rot und so groß wie ein kleiner Kieselstein war. Auf ihrer weißen Haut sah er aus wie ein glänzender Blutstropfen. Sie schaute ihn eine Zeitlang an und schüttelte dann ihre Hand. Aber der Marienkäfer rührte sich nicht vom Fleck.
Ich lachte.
Angela schnalzte mit der Zunge, zerquetschte den Marien-

käfer mit der freien Hand und wischte die blutige Schmiere mit einer Serviette ab.
»Warum hast du das getan?« fragte ich sie.
»War mir lästig!« antwortete sie und ging ins Haus.
Als ich wieder allein im Garten war, versuchte ich zurückzudenken. Meine Erinnerungen gingen im Duft der Rosen und Astern auf. Wahrscheinlich verschmelzen sich Gedanken mit Gerüchen zu einer neuen Einheit. Eine Art Empfindung an sich. Der Garten war mit Wohlgerüchen geschwängert, die alles wie eine feine Staubschicht überzogen. Und durch diesen Staub erblickte ich Angela als kleines Mädchen. Sie hatte sich bis heute kaum verändert, nur daß die Angela von damals keiner Fliege etwas zuleide tun konnte, während die Angela von heute harmlose Marienkäfer zerdrückte. Also hatte sie sich doch verändert. Ich kam mir betrogen und verraten vor.
Mom sagte immer wieder: »Ach, ich habe mich ja so verändert, ich habe mich ja so verändert!« Aber was hatte das zu bedeuten, zumal es von meiner Mom kam, die doch alles Erdenkliche versucht hatte, um diese Veränderung zu verhindern: die sich immer noch nach der Mode der sechziger Jahre kleidete mit Miniröcken und kniehohen Stiefeln und immer noch die Haare hochtoupierte wie in ihren Teenagertagen. Ihr Haar hatte immer noch dieselbe satte kastanienbraune Farbe wie damals, eine dunklere Schattierung meiner roten Haare. Und doch: »Ach, ich habe mich ja so verändert!« Inwiefern hat sie sich also verändert? Wenn nicht äußerlich, dann wohl in ihrem Wesen: so wie sich auch ein Kokon nicht verändert, während sich die häßliche Masse in seinem Innern von der Raupe in einen Schmetterling verwandelt. Wenn Loverboy bis jetzt mein bester Freund gewesen war, so kam Angela direkt an zweiter Stelle. Schon immer hatte ich mir eingebildet, sie zu lieben. Sie war einfach ein Teil meines Lebens, erfüllte bestimmte Funktionen und tat bestimmte Dinge. So heiratet sie zum Beispiel meinen Loverboy Tallis.

Ich stand auf, um mir von der Staudenrabatte ein paar Blumen zu holen, schnitt ein paar Ringelblumen, gelbe Gladiolen, rosa Astern und eine einzelne Tigerlilie ab. Den Strauß umgab ich mit einem Flor von Schleierkraut. Dann unterstrich ich noch das Orange der Ringelblumen mit ein paar vereinzelten blauen Lobelien.
Als Angela in den Garten zurückkam, überreichte ich ihr das Bouquet.
»Für dich!« sagte ich.
»Ach, Con. Es kommt einem so überflüssig vor!«
»Die Blumen werden dein Zimmer freundlicher machen!«
»Paul wird wieder Asthma davon bekommen!«
Sie teilte ihr Zimmer mit ihrem fünfjährigen Bruder. Meines Wissens war Paul andauernd krank.
»Ich wollte dich damit nur aufmuntern!«
»Ach, Con. Das hast du auch. Hör nicht auf mich! Mir geht's jetzt wieder besser. Du weißt ja, wie das ist!«
»Klar!«
»Gut. Ich muß jetzt zurück. Meine Eltern gehen heute abend zusammen aus. Ich möchte auf jeden Fall zurück sein, bevor sie aus dem Haus gehen, sonst dreht Paul durch. Sie bringen es fertig, das arme Kind sich selber zu überlassen, wenn ich nicht rechtzeitig da bin. Furchtbar! Obwohl sie genau wissen, wie Paul reagiert! Hör mal, wenn du Loverboy heute abend siehst, würdest du ihm dann bitte sagen, daß er noch bei mir vorbeischauen soll? Das heißt, wenn es noch nicht allzu spät ist.«
»Wir sind dann aber wahrscheinlich ziemlich blau!«
»Paß auf, daß es deine Mutter nicht hört!« sagte sie lachend und gab mir einen Kuß. »Herzlichen Glückwunsch zum Geburtstag, Con!«
»Danke.«
Dann ließ sie mich in Ruhe.
Ich faltete den Klapptisch und die Stühle zusammen und lehnte sie an die Ziegelmauer.

Kurz darauf hörte ich, wie die Eingangstür zugeschlagen wurde.
Laß dir Zeit, dachte ich.
»Nun«, sagte Mutter und wischte sich die Hände an einem Küchenhandtuch ab, »das finde ich ja ganz reizend von dir, daß du den halben Garten verschenkst!«
»Ein paar... Blumen.«
»Die wir nicht mehr anschauen können!«
»Sie war so niedergeschlagen!«
»*Ich* bin auch deprimiert, aber ich sehe keinen, der sich meinetwegen besonders anstrengen und mir einen Blumenstrauß schenken würde! Ich bin hier wohl nur das Dienstmädchen!«
»Schau dir den Garten an, Mom! Er sieht doch immer noch gleich aus. Ich möchte wetten, daß du mir nicht einmal sagen könntest, woher ich die Blumen habe!«
»Klar kann ich das! Hältst du mich denn für blind? Ich habe doch Augen im Kopf!«
»Also woher?«
»Von dort!«
»Nein!«
»Dann eben von dort!«
»Nein!«
»Wart nur, bis dein Vater heimkommt, er wird's schon merken!«
»Er gibt sich doch damit nicht ab!«
Sie zupfte einen Fussel ab, der an einem ihrer Ringe hängengeblieben war.
»Ich denke dabei doch nur an dich«, sagte sie. »Wo du so viel Zeit im Garten verbringst... um ihn immer schön herzurichten! Ganz zu schweigen von den Kosten! Nur um alles aufzuwühlen und die armen Blumen sinnlos zu töten!«
»Sie sind aber nicht tot!«
»Sie sind so gut wie tot, weil wir sie nicht mehr anschauen können!«
»Jetzt mach aber einen Punkt!«

»Nun gut. Ich werde keinen Ton mehr sagen. Meistens wage ich sowieso nicht mehr, den Mund aufzumachen!«
Ich lachte und pflückte eine weiße Rose.
»Für dich!« sagte ich. »Noch eine Tote!«
Sie lächelte.
»Ach... du kleiner Saukerl!«
Dann jagte sie mich im Garten herum. Wir kicherten dabei wie kleine Kinder. Als sie mich schließlich erwischte, kitzelte sie mich in der Seite.
»Du tust dir nur selber weh!« sagte ich.
»Im Gegenteil, ich tu *dir* weh, mein Junge!«
Brüllend vor Lachen fiel ich zu Boden.
»Du bist ein Saukerl!« sagte sie.
»Bin ich nicht!«
»Was bist du dann?«
»Hör auf! Du kitzelst mich zu Tode!«
»Sag mir zuerst, was du bist!«
»Ich darf doch keine Schimpfwörter gebrauchen!«
»Dieses eine Mal erlaube ich's dir!«
»Nein!«
»Sag mir, was du bist!«
Sie kitzelte mich so sehr, daß ich beinahe einen Lachkrampf bekommen hätte.
Plötzlich klingelte es an der Haustür.
»Nun«, meinte Mom, erhob sich und strich sich das Gras von den Beinen, »die Klingel war deine Rettung, junger Mann!«
Sie sah auf mich herab. »Wie schön doch dein Haar ist, Connie! Ehrlich! Als ich so alt war wie du, hatte mein Haar genau dieselbe Farbe.« Dann ging sie ins Haus.
Immer noch nach Luft schnappend, stand ich auf. Ich war übersät mit Grashalmen, sie klebten am Hemd, in den Nasenlöchern, in den Ohren. Ich nieste und hustete.
Im Haus hörte ich Stimmen.
Immer noch hustend, ging ich hinein.
Mutter stand an der Haustür und sprach mit der alten Mama Zep.

Mama Zep war nur etwa einen Meter zwanzig groß und ganz in Schwarz gekleidet. Sie hatte lange, zinnoberrot gefärbte Haare, und sie war mindestens achtzig Jahre alt, obwohl sie mir eher wie hundert vorkam. Ihr Gesicht war runzlig und gelb. Irgendwie lippenlos. Sie sah aus wie eine überdimensionale Eidechse. Sie war die Hexe in unserer Straße, darüber hinaus auch die Wahrsagerin, Zauberin, Puppenmacherin, das Kräuterweiblein am Ort und alles, was man sie sonst noch nennen mochte! Die meisten Frauen weigerten sich, einen Arzt aufzusuchen, wenn sie zu Mama Zep gehen konnten. Für alle möglichen Leiden hatte sie Zaubertränke, die sie in leeren Einmachgläsern aufbewahrte. Ihre Stimme wuchs nie über ein ruhiges, rauhes Flüstern hinaus, eine Art hypnotisches Raunen. Wenn Vipern sprechen könnten, würden sie wahrscheinlich so klingen. Bei fast allen der jetzigen Bewohner hatte sie Geburtshilfe geleistet. Wenn bei den Schwangeren die Wehen einsetzten, schrien sie nach Mama Zep. Als ich mich den beiden näherte, hörte ich, wie Mama Zep sagte: »... und du weißt es, Faith Niven!«
»Es geht mich nichts mehr an!« erwiderte Mom.
Mama Zep lächelte.
»Es wird dir dein Leben lang nachgehen, Faith Niven! Wir beide wissen darüber Bescheid. Nun möchte ich kein Theater mehr! Warum sollte man eine unbeschädigte Tür unnötigerweise aufbrechen?«
»Ich möchte warten, bis Ronnie nach Hause kommt!«
»Nein, laß es uns jetzt tun, bevor die Männer heimkommen. Tod und Geburt sind Frauensache. Das weißt du doch, und du weißt auch, was wir Frauen zu tun haben!«
»Du kannst ja die Polizei rufen, wenn du deiner Sache so sicher bist!«
»Das ist aber nicht nötig! Warum sie bemühen? Es ist doch nicht der Rede wert! Was bedeutet schon ein Toter? Kaum etwas. Ist doch eine ganz natürliche Sache! Nichts, wovor man sich fürchten muß. Wir können ja hingehen und nachschauen, um ganz sicher zu sein!«

»Du mußt dich doch auch wirklich in alles einmischen, du bist und bleibst eine alte Hexe, Zep!«
»Das ist die Strafe dafür, daß ich zuviel weiß. Hör endlich auf, das dumme kleine Mädchen zu spielen, und hol ihn jetzt bitte!«
Mom zögerte einen Augenblick lang, schaute mich an und stürzte dann nach oben. In ihrem Blick war etwas, das ich an ihr noch nie bemerkt hatte, vielleicht war sie entsetzt.
»Was ist denn los?« fragte ich.
»Wir wollen sehen«, flüsterte Mama Zep. »Es ist so, Concord Webster: Plötzlich wird dir klar, daß du jemanden schon eine ganze Weile nicht mehr gesehen hast. Verstehst du, was ich meine? Und genau so erging es mir heute morgen mit jemandem.«
»Mit wem denn?«
»Wann hast du Judge Martin zum letzten Mal gesehen?«
»Den Teufel?«
»Ja.«
»Nun... letzte Woche. Nein, das heißt...«
»Begreifst du nun? Wenn du einmal in mein Alter kommst, kennst du die Zeichen. Ich habe es schon öfter mitgemacht. Der Tod bleibt sich immer gleich. Es kann schon Wochen her sein, daß Judge zum letzten Mal gesehen wurde, und natürlich würde ihn auch niemand vermissen. Nichts Besonderes also! Absolut nicht. Verstehst du nun, alles ist ganz einfach: Der Teufel im Hades ist tot! Ich kann es förmlich durch den Briefkasten riechen. Er ist mausetot. Ich möchte mir nur noch die Gewißheit holen!«
»Ja und?«
»Dazu ist es aber nicht nötig, eine unbeschädigte Tür aufzubrechen. Das würde die Polizei tun – ja, die *Männer*! Nein, wir Frauen können es besser lösen, wir haben unsere Geheimnisse...«
»Warum kommst du aber zu Mom?«
»Wie schon gesagt, um die Tür nicht aufbrechen zu müssen!«

»Ja und?«
»Deswegen bin ich zu Faith Niven gekommen.«
»Ja und?«
»Deine Mutter hat einen Schlüssel zu der Wohnung!«
»Du irrst dich, sie kennt den Teufel kaum. Warum sollte sie dann den Schlüssel zu seiner Wohnung haben?«
Mama Zep lächelte.
»Man bricht nicht so gern das Tor zum Hades auf«, flüsterte sie mir ins Ohr, »weil man nicht weiß, welche Gespenster herausfliegen!«
»Aber...«
Ich eilte zu Mom.
Sie stand in ihrem Schlafzimmer vor dem Toilettentisch. Als ich eintrat, knallte sie hastig eine Schublade zu. Sie zitterte am ganzen Leib. Das Gesicht erstarrt und ausdruckslos, sah sie aus wie eine Schwachsinnige.
»Mom...!«
»Was?« schnauzte sie mich an. »Raus! Du hast hier nichts verloren!«
»Aber...!«
»Ich sagte, raus!«
Darauf verließ ich das Zimmer.
Nach einer Weile kam sie heraus und drückte mir einen Schlüssel in die Hand.
»Da nimm!« sagte sie. »Geh du mit ihr! Ich kann nicht. Begleite du die alte Hexe zu seinem Haus! Ich habe meinen Beitrag geleistet. Ich leg mich jetzt ins Bett. Mir ist nicht wohl!« Die Tür flog hinter ihr zu.
Ich blieb eine Weile sprachlos stehen, dann ging ich zurück zu Mama Zep.
»Aha, du hast ihn also bekommen! Sie ist eben doch eine gute Seele!« Sie lächelte. »Du brauchst nicht mitzukommen. Ich kann es allein erledigen. Wir wollen kein Aufsehen erregen. Niemand wird sich wundern, wenn er mich dort hineingehen sieht. Du brauchst mir bloß den Schlüssel zu geben!«

»Nein, ich komme mit«, erwiderte ich.
»Nun, wenn du unbedingt willst!« Sie grinste mich an. »Sag, hast du schon mal 'ne Leiche gesehen?«
»Nein.«
»Oder warst du schon einmal verliebt?«
Ich runzelte die Stirn. »Nein«, sagte ich.
»Dann wird das ja ein ganz schön aufregender Geburtstag für dich, Concord Webster! Gib mir dein Taschentuch!«
Ich gab es ihr, ohne zu fragen.
Dann gingen wir die Straße hinab zum Hades.
»Dort drinnen wird es erbärmlich stinken«, erklärte sie und zog eine Flasche aus der Tasche ihrer Strickjacke. »Ich kann es jetzt schon riechen. Du auch? Nein, wahrscheinlich nicht! In deinem Alter war ich auch noch nicht so begierig, den Tod wahrzunehmen, aber nun bin ich ja näher dran. Wir sind beinahe Nachbarn, und ich hatte schon schlimmere, das darfst du mir glauben!« Sie benetzte mein Taschentuch mit Rosenwasser und gab es mir zurück. »Halte dies vors Gesicht und atme den Duft ein, wenn wir dort hineinkommen. Es wird dir helfen. Wir wollen kein Aufsehen erregen. Wir gehen nur eben hinein, öffnen die Fenster, vergewissern uns. Sag, riechst du es schon?«
»Nein«, antwortete ich.
»Aber du wirst es riechen. Hast du Angst vor Ratten?«
»Ratten?!«
Sie lächelte.
»Ach, diese Arglosigkeit, diese grenzenlose Arglosigkeit! Denk dir nichts dabei, der Tod bedeutet eigentlich gar nichts! So wie auch die Geburt. Nichts. Du lebst, bekommst Kinder, stirbst, und auch sie sterben. Nichts, wovor man sich fürchten müßte. Nichts Unnatürliches. So sind die Dinge eben... Ein Leichnam: Man wäscht ihn, zieht ihm das Leichenhemd an, begräbt ihn, trauert ihm nach. Obwohl mir nicht klar ist, wer dem jungen Judge Martin nachtrauern sollte. Denn diejenigen, die um ihn getrauert hätten, sind schon alle tot. Aber ich werde Blumen an seinem

Grab niederlegen. Verstehst du, ich muß dies tun. Ich habe ihn zur Welt gebracht, also werde ich ihm auch die letzte Ehre erweisen. Ich werde um ihn trauern. Ich werde tun, was sein Sohn tun sollte.«
»Sein Sohn?«
»Nun ja.«
»Hat er einen Sohn?«
»Bin ich wirklich die erste, die dir davon erzählt? Na, so was!«
Es war seltsam, daß sie vom »jungen« Judge Martin sprach. Für mich war der Teufel immer der alte Judge Martin gewesen: ein Name, der sich mit einer ganz bestimmten Person verband, die ich haßte, weil man mir Horrorgeschichten über sie erzählte. Geschichten, die zum Inbegriff alles Schlechten wurden und sich mit einer einzigen Person verbanden.
»Ja, ich werde an seinem Grab Blumen niederlegen«, fuhr sie fort. »Diese Rituale müssen eingehalten werden.«
»Aber er wurde doch von allen gehaßt!«
»Wirklich? Hast du ihn denn gehaßt?«
»Ich... nun...«
»Dabei hast du ihn nicht einmal richtig gekannt. Du hast ihn nicht so gut gekannt... nun ja... wie du zum Beispiel deine eigene Mutter kennst!«
»Nein, bestimmt nicht!«
Als ich ungefähr acht oder neun war, ging ich mal in Mama Zeps Haus. Es war so, als ob man in eine verzauberte Höhle tritt. Jedes Zimmer war mit Puppen und Spielzeug vollgestopft. Ein lebenslanges So-tun-als-ob. Ein lebloses Leben, irgendwie.
»Wir sind da«, sagte sie. »Kannst du es riechen?«
»Nein.«
»Mach die Tür auf!«
Ich zögerte.
»Na los, du hast doch den Schlüssel!«
Ich zögerte immer noch.

»Dann gib ihn her!« sagte sie und nahm ihn mir ungeduldig ab.
Sie öffnete die Tür.
Sofort schlug mir ein derart widerlicher, durchdringender Geruch entgegen, daß er wie ein schmieriger Belag in meinem Rachen haftenblieb.
»Hab ich's dir nicht gesagt!« sagte sie triumphierend.
Ich hielt mir das mit Rosenwasser getränkte Taschentuch vors Gesicht.
Mama Zep gab mir den Schlüssel zurück.
»Behalte ihn bei dir«, sagte sie, »vielleicht brauchst du ihn noch mal. Du mußt aber wirklich nicht mit hineingehen!«
»Ich will aber«, erwiderte ich.
»Ach, diese Arglosigkeit«, sagte sie. »Diese grenzenlose Arglosigkeit!«
Der Flur war noch genau so, wie ich ihn von meinen Bubenstreichen her kannte: gelbe Wände, von denen die Tapeten abblätterten, Mülleimer, Haufen von Schuhen und Zeitungen, leere Konservendosen. Im Haus war es so dunkel wie in einer Höhle. Die unteren Fenster waren alle mit Wellblech verrammelt. Vereinzelte Sonnenstrahlen drangen durch die Risse im Metall, durchschnitten die gespenstischen Räume mit ihren staubigen Lichtkegeln.
Wir schauten ins Wohnzimmer: Sofa, Tisch, Fernseher – alles war mit einer Staubschicht überzogen. Überall standen Konservendosen mit Lebensmitteln herum. Kistenweise. Als ob sich Judge für das bevorstehende Weltende eingedeckt hätte. In dem Haus herrschte ein unbeschreibliches Durcheinander.
In einer dunklen Ecke hörte man es rascheln.
»Stampf mit dem Fuß auf!« befahl mir Mama Zep.
Wir stampften mit den Füßen, als ob wir frören, was zumindest bei mir auch der Fall war. Das Haus war kalt wie ein Grab.
»Dort!« sagte sie. »Horch nur!«
Im ganzen Haus hörte man nun ein seltsames Geräusch –

das Getrappel von winzgen Füßen. Poltergeister, dachte ich.
»Das sind Ratten, mein Lieber!« sagte sie beinahe liebevoll.
Das Blut erstarrte mir in den Adern.
»Komm schon!« sagte sie. »Er ist oben.«
Alle möglichen Schreckensvisionen gingen mir durch den Sinn: Schließlich hatte ich Geschichten von Ratten gehört, die Babys auffressen oder die Hosenbeine hinaufklettern und was sonst noch anrichteten, so daß ich sehr vorsichtig auftrat.
Mama Zep jedoch ließ sich weder durch die Ratten noch durch den Gestank beirren. Sie stapfte die Treppe hinauf, als ob ihr das Haus gehörte.
Wir blieben vor der Schlafzimmertür stehen.
Ich bekam nun beinahe keine Luft mehr. Der Gestank warf mich um. In meinem Magen fing es an zu gurgeln, und meine Augen tränten.
»Immer wenn es um den Tod geht, versagen die Männer«, sagte Mama Zep. »Sieh dich doch nur an, wie du reagierst! Immer sind es die Frauen, die sich um die Toten kümmern, die die Leichen waschen und die Löcher zustopfen!«
Ich bemühte mich um ein mutigeres Aussehen.
Mama Zep öffnete die Schlafzimmertür, die so leise aufschwang, als ob sie durch Zauberkraft bewegt würde.
»Heilige Mutter Gottes!« zischte Mama Zep.
Wie soll ich das beschreiben, wozu mir eigentlich die Worte fehlen? Genügt es vielleicht zu sagen, daß ich mich in demselben Moment erbrach, als ich...? Nein, es reicht nicht aus! Aber vielleicht genügt es zu sagen, daß sogar Mama Zep vor Entsetzen zurücktaumelte? Nein, auch das genügt nicht. Nichts kann unser Erlebnis beschreiben, ohne es zu verharmlosen.
Das Zimmer war dunkel, doch hell genug, um noch etwas zu sehen. Ein einziger Lichtkegel erleuchtete den Raum.
Judge Martin lag nackt auf dem Bett. Er sah aus wie ein

einbalsamiertes Schreckgespenst. Die Leiche war mit getrocknetem Blut überzogen. Auf dem Leintuch, unter seinem Kopf und Hals, war ein dunkler kreisrunder Fleck entstanden, durch das Blut, das aus der klaffenden Wunde an seinem Hals herausgequollen war. Judge hatte sich die Kehle von einem Ohr zum anderen aufgeschlitzt, so daß uns die Wunde wie ein zweiter Mund angrinste. Mit der linken Hand hielt er ein Messer umfaßt, das im goldenen Licht funkelte; Blut auf Silber. Die Leiche war mit Fliegen und Maden überzogen wie eine zweite Haut. Drei Ratten nagten an verschiedenen Stellen seines Körpers, und während wir hinstarrten, sprang eine vierte aufs Bett und glotzte uns wie ein hämischer Sukkubus an. Judge Martins Genitalien waren abgefressen, Fliegen saugten an der gräßlichen Wunde. Die Insekten auf der Leiche glitzerten wie schwarzes Eis oder poliertes Ebenholz. Von ihren glänzenden Panzern strahlte es blau oder grün zurück. Wie ein Blutopfer lag der Teufel vor uns.

»Heilige Mutter Gottes!« rief Mama Zep aus.

Die Fliegen flogen von der Leiche auf. Es sah aus wie eine sich häutende Schlange. Die Fliegen schwirrten im Zimmer umher wie ein Heuschreckenschwarm und flogen mir ins Gesicht, in den Mund und nahmen mir die Sicht. Mir wurde wieder übel.

»Heilige Mutter Gottes!«

Mama Zep begann die Fenster nacheinander zu öffnen.

Ich rannte ins Freie.

Draußen hatten sich ein paar Nachbarn eingefunden. Ich sackte am Rinnstein zusammen und übergab mich wieder. Auf der Gallenflüssigkeit schwammen tote Fliegen.

Dann stand ich wieder auf.

Weil mir der Verwesungsgeruch immer noch anhaftete, hielten sich die Frauen in meiner Nähe die Nase zu und zogen ihre Kinder weg, beinahe als ob ich ein Aussätziger gewesen wäre.

»Mein Sohn, was ist denn passiert?«

Es war Dad.
Er rümpfte die Nase.
»Hat ihn wohl erwischt, wie?«
Ich nickte.
»Ich glaube... sieht so aus, als ob er sich das Leben genommen hat«, stammelte ich.
»Liegt in der Familie, hab ich mir sagen lassen!«
Ich übergab mich wieder und kotzte noch mehr Geburtstagskuchen und Fliegen in den Rinnstein.
»Ist Mama Zep immer noch da oben?«
Ich nickte nur.
»Dann geh ich zu ihr hinauf. Geh nach Hause und kümmere dich um deine Mutter. Als ich wegging, lag sie im Bett.«
Mein Herz hämmerte immer noch. Ich wünschte nichts sehnlicher als ein Bad – um die Sünden der anderen von mir abzuwaschen. Ich kam mir selber befleckt vor.
Ich ging nach Hause und klopfte an Moms Schlafzimmertür.
»Herein!«
Sie lag im Bett und starrte die Decke an.
»Er ist tot«, sagte ich zu ihr.
»Bist du dir *ganz* sicher?«
»Kannst du es denn nicht riechen?«
»Doch!«
»Er ist wirklich tot!«
»Man kann nie wissen!« murmelte sie vor sich hin.
»Er ist tot!«
Plötzlich setzte sie sich kerzengerade hin. In ihrem Blick lag etwas Abartiges, etwas Gehässiges. Sie packte die Bettdecke; die Hände waren wie Klauen.
»Man kann nie sicher sein!« brüllte sie mich an, »bevor man den Vampir gepfählt hat! Verstehst du? Nicht bevor ein Pfahl das Herz des Teufels durchbohrt hat!«

3. Kapitel

Als ich noch jünger war, hatte ich öfter unter Alpträumen gelitten, die mir die Nacht zur Qual werden ließen. Der Schlaf war so zu einer Art Fluch für mich geworden. In einer Art Todesdrohung. Diese Alpträume quälten mich jahrelang. Ein paarmal in der Woche wachte ich unter lautem Geschrei auf. Das Bettzeug war völlig zerwühlt und klebte an meinem schweißgebadeten Körper. Meine Eltern kamen dann zu mir ins Zimmer gestürzt.
»War es wieder eine richtige Geschichte?« fragte mich Dad jedesmal.
»Ja«, erwiderte ich, »eine Geschichte.«
So kam es, daß Geschichten und Alpträume in meiner Phantasie miteinander verschmolzen. Daß jede Geschichte für irgend jemand auch einen Alptraum darstellt, lernte ich schon im zarten Kindesalter. Als ich dann nach Luft schnappend und geschüttelt von den Horrorvisionen meiner Träume im Bett lag, wurde mir klar, daß alle Geschichten bis zu einem gewissen Grad qualvoll sind. Wenn sich der Teufel langweilt, erzählt er seinen Fledermäusen Geschichten. Die Fledermäuse fliegen dann zu uns, um uns die Geschichten in Form von Alpträumen zu bringen.
»War es eine Geschichte?« fragte Dad.
»Ja«, erwiderte ich, »eine Geschichte.«
»Was war es denn dieses Mal?«
Ich saß in einer offenen, kreisförmigen Arena, ähnlich wie in einem Zirkus. Ein leeres Trapez baumelte über meinem Kopf. In der Mitte der Manege war ein Kasperletheater. Kasperle schlug Gretel mit dem Stock. Sie schrie und flehte mich an, ihr zu helfen. Das Blut sickerte ihr aus Nase und Mund. Aber ich konnte nichts machen. Unsichtbare Hände fesselten mich an meinen Sitzplatz.
»Ich kann mich nicht rühren!« schrie ich.
»Versuch's!« bettelte Gretel.

Plötzlich hörte Gretel auf zu schreien. Als ich aufblickte, sah ich, daß Kasperle sie verspeiste.
Ich rannte davon und landete in einem Zoo. Vor mir lag ein langer Gang mit Käfigen, in denen aber keine Tiere waren. Hinter den Gitterstäben entdeckte ich vertraute Gesichter: Mama, Papa, Loverboy, Ivy Tallis und Angela.
Alle saßen vor Fernsehern und schauten mit ausdruckslosen Gesichtern auf den Bildschirm.
»Hat dir die Vorstellung gefallen?« fragte Mom, ohne den Blick vom flimmernden Bildschirm zu wenden.
»Gretel ist tot!« schrie ich.
»Du wirst sie wiedersehen, wenn du sie wiedersehen willst!«
Dann streifte Mom ziemlich unvermittelt ihr Gesicht ab, als ob es eine Maske wäre. Plötzlich fauchte mich ein Monster an. Es war grün, hatte Schuppen und glich einer Riesen-eidechse oder einem Drachen.
»Ich mag dich«, sagte der Drachen.
Ich schrie und machte mich auf und davon. Am Ende des Ganges war ein Licht. Jemand wartete dort auf mich. Ich konnte ihn ziemlich deutlich sehen: ein Mann mit einem rasierten Schädel, der im Licht glänzte.
Aber der Gang mit den Käfigen wurde immer länger und nahm kein Ende. Ich hörte, wie Stäbe hinter mir entzweibrachen, dann Schritte. Ich wußte, daß ich gejagt wurde.
Ich erwachte immer, wenn mich die erste tödliche Klaue an der Schulter packte.
»War es wieder eine Geschichte?« fragte Dad mich dann jedesmal.
»Ja, eine Geschichte«, erwiderte ich.

4. Kapitel

Als Loverboy um sieben vorbeikam, hatte er seine Mutter dabei. »Wie geht es ihr?« fragte sie Dad.
»Sie ist oben«, erwiderte er, »und hütet immer noch das Bett.«
»Schläft sie?«
»Nein. Starrt nur die Decke an!«
»Das arme Ding! Heute nachmittag war sie doch noch so munter. Wir haben uns köstlich amüsiert. Hat sie gesagt, was ihr fehlt?«
»Nein!«
»Hast du eine Ahnung?«
»Nein!«
»Aber hast du wenigstens den Arzt gerufen?«
»Sie will keinen sehen!«
»Aber Ron...!«
»Sie *will* nicht, Ivy! Ich habe sie gefragt. Mehr kann ich für sie nicht tun. Sie ist ja schließlich kein kleines Kind mehr!«
»Na ja, kann ich hinaufgehen?«
»Bitte! Mal sehen, ob du diesen Dickschädel wieder zur Vernunft bringst!«
Sie lächelte mich an, drückte mir den Arm und ging zu Moms Schlafzimmer hinauf.
Dad verschwand in der Küche.
Ich sah Loverboy an und sagte: »Da ist was im Gange.«
»Ach ja? Was denn?«
»Ich weiß nicht, aber...«
»Du...«
»...vermutest etwas. Ja, genau!«
»Hmm. Hört sich interessant an. Erzähl!«
»Nicht hier. Hast du...?«
»Zwei Flaschen Wein in der Burg, die darauf warten, geköpft zu werden!«

»Und?«
»Klar, dein Geschenk!«
»Klar!« sagte ich.
Ich kannte Loverboy schon so lange, daß ich ihn nicht mehr bewußt wahrnahm. Auf gewisse Weise war er für mich unsichtbar, so wie man sich auch an bestimmte Gerüche gewöhnt, die einem dann nicht mehr auffallen. Nach einer Weile weiß man überhaupt nicht mehr, daß sie vorhanden sind. Mit Loverboy erging es mir ebenso. Wenn also jemand zu mir sagt: »Ach ja, Loverboy Tallis! Das ist doch der einäugige Junge«, zögere ich zuerst einen Augenblick lang, bevor ich dann antworte: »Ja, stimmt. Er hat nur ein Auge!«
Vielleicht fühle ich mich auch nur schuldig, was ich aber nicht glaube. An Loverboy fällt mir eben nichts mehr auf. Er ist ganz einfach mein bester Freund. Aber weil das Aussehen so wichtig ist für die Persönlichkeit – wenigstens hat man mir das weisgemacht –, will ich versuchen, Loverboy zu beschreiben.
Man stelle sich also vor:
Einen Jungen von beinahe achtzehn Jahren, mit blondem, aus der Stirn zurückgestrichenem, am Kopf glatt anliegendem Haar, braunen Augen, olivfarbener Haut und einem offenen, ansteckenden Lachen; mit einem rotkarierten Hemd, dessen Kragen offen ist, verwaschenen Jeans, weißen Joggingschuhen, mit einem silbernen Kruzifix am linken Ohr und einer schwarzen Augenklappe über dem rechten Auge. Das sind die wichtigsten Einzelheiten, aus denen sich kurz gefaßt Loverboy Tallis' äußere Erscheinung zusammensetzt.
»Komm noch ganz kurz mit auf mein Zimmer!« sagte ich.
»Aber ich will mich doch nur betrinken!«
»Es dauert ja nicht lange. Ich will dir nur die Maske zeigen!«
Auf dem Schreibtisch in meinem Zimmer lag ein Drachen-

kopf, an dem ich in letzter Zeit herumgebastelt hatte und der wie ein Überbleibsel aus prähistorischer Zeit wirkte. Ein Fossil aus Maschendraht und Pappmaché. Der Gips und der Leim waren getrocknet und überzogen das Zeitungspapier mit einer weißen Haut, so daß es aussah wie Knochen. Ich hatte gerade damit begonnen, die grüne Haut aufzumalen, und zwar Schuppe um Schuppe. Die Augen der Maske bestanden aus zwei Löchern. Wo man sich im Raum auch befinden mochte, immer verfolgten einen diese Augen.
Loverboy setzte sich aufs Bett.
»Sieht echt gut aus«, sagte er.
»Hm, nicht übel«, erwiderte ich. »Bin zufrieden, wie's bis jetzt geworden ist!«
»Was tust du damit, wenn's fertig ist?«
»Nun… nichts. Ich will's nur fertigkriegen!«
»Aber wozu denn?«
»Um's aufzusetzen oder anzuschauen.«
»Aber warum denn?«
»Ich weiß nicht, worauf du hinauswillst, Tal!«
»Nun, es muß doch für irgendwas gut sein, ja? Alles hat doch einen Sinn, ja?«
»Ja, vermutlich.«
»Also? Ach, ich weiß auch nicht. Mir ist schon klar, daß du klüger bist als ich. Vielleicht ist mir das auch alles zu hoch! Aber du hast dich so viel mit der Maske beschäftigt, daß ich mich frage, ob sie eine besondere Bedeutung für dich hat. Mehr will ich damit eigentlich nicht sagen!«
»Ja, das hat sie allerdings!«
»Dann sag mir doch, welche!«
»Das würdest du nicht verstehen!«
»Daß ich nur ein Auge habe, bedeutet noch lange nicht, daß ich nicht so einsichtig bin wie du!«
»Das weiß ich!«
»Ach, vergiß es! Ist ja schon gut. Wenn du mir sagst, daß die Maske für dich etwas bedeutet, dann soll es mir recht sein.

Ich will mich nur heute abend so richtig besaufen. Hab einen anstrengenden Tag hinter mir, war bis jetzt im Laden. Also gehen wir?«
»Ja.«
Plötzlich nahmen wir das unterdrückte Schluchzen wahr, das aus Moms Zimmer kam. Ivy Tallis tat ihr möglichstes, um sie zu trösten.
»Verstehst du nun, was ich meine?« sagte ich zu Loverboy. »Da ist was im Gange.«
»Was denn?«
»Judge Martin hat sich das Leben genommen.«
»Das weiß ich allerdings auch schon!«
»Er ist schon eine Ewigkeit tot!«
»Auch das!«
»Ich bin hingegangen und habe seinen Leichnam mit Mama Zep entdeckt.«
»Was? Mama Zep war mit der Leiche des guten alten Judge Martin im Bett?«
»Laß die Witze, Tal! Du weißt ganz genau, wie es gemeint war!«
»Ja, klar. Gut, ich weiß es, und du wirst es mir nun in all seinen schauerlichen Einzelheiten schildern müssen! Wie war es also?«
»Schauderhaft!«
»Angeblich waren auch Ratten dabei!«
»Stimmt. Sie haben... Nein! Jetzt hör mir mal zu! Es steckt mehr dahinter!«
Ich schwieg eine Zeitlang. Im Zimmer nebenan hatte Mom aufgehört zu weinen. Ivy Tallis redete mit ruhiger Stimme auf sie ein, wie eine Mutter, die ihr Kind besänftigt.
»Wie meinst du das?« fragte Tal.
Ich ging zum Fenster und blickte in den Garten hinab. Ich sog wieder den Duft der Blumen ein.
»Geht es Angela gut?« fragte ich.
»Was hat die denn damit zu tun?«
»Nichts. Hör zu, Mom hatte den Schlüssel, Tal. Kannst du dir

das vorstellen? Meine Mutter hatte den Schlüssel zur Wohnung vom alten Judge Martin. Und den ganzen Abend weint sie nun schon oder starrt die Decke an oder murmelt vor sich hin. Es ist das erste Mal, daß sie meinem Vater kein Abendessen gekocht hat. Er ist wirklich stinksauer wegen allem. Aber warum bloß? Wie kommt es, daß ausgerechnet Mom den Schlüssel hatte?« Eine Weile sah es so aus, als ob Loverboy nachdächte. Seine Augenklappe rutschte auf die Wange herunter, als er die Stirn runzelte.

»Vielleicht…«, fing er an.

»Ja?«

»Na ja, ich weiß nicht. Was meinst du dazu?«

»Ich weiß es auch nicht. Aber als Mama Zep mit Mom sprach, sagte sie, daß es sie – also Mom – immer etwas anginge.« Ich setzte mich neben Loverboy aufs Bett. »Sag mal, wie alt schätzt du Judge Martin?«

»Keine Ahnung. Ich habe mir nie Gedanken darüber gemacht. Teufel sind doch alterslos, wie?«

»Dann rate mal!«

»Ich kann nicht. Vielleicht sechzig?«

»Nein, ich glaube, er war jünger. Soll ich dir sagen, was ich vermute?«

»Ja, sag mir's!«

»Ich glaube, daß er etwa so alt war wie unsere Eltern!«

»Hm, sah aber sehr viel älter aus!«

»Stimmt. Willst du wissen, was ich sonst noch glaube?«

»Was denn?«

»Ich glaube, daß vor langer Zeit Mom und der Teufel be…«

»Jetzt mach aber mal halblang, Connie!« Loverboy kicherte und schlug mir mit der Hand auf den Schenkel. »Das ist doch nicht dein Ernst!«

»Doch. Ich bin mir sogar ziemlich sicher!«

»Das darf doch nicht wahr sein!« Er starrte mich mit seinem unversehrten Auge an. »Es gibt eine Person, die dich über alle Geheimnisse aufklären kann«, sagte er leise.

»Ja«, erwiderte ich, »Mama Zep.«
»Mama Zep«, wiederholte er.
Wir sahen uns an. Im Zimmer herrschte unheilvolles Schweigen. Die Drachenaugen beobachteten uns vom Schreibtisch aus.
Es klopfte an der Tür.
»Herein!« sagte ich.
Ivy Tallis trat ein, ging zum Bett hinüber und setzte sich. Ihre Augen waren rot und geschwollen. Sie hielt ein zerfetztes Papiertaschentuch in der linken Hand.
»Connie«, flüsterte sie mir zu, »deine Mutter ist sehr krank. Ich weiß nicht, was sie hat. Sie will es mir nicht sagen. Ist bei euch daheim denn alles in Ordnung?«
»Soviel ich weiß, ja.«
»Keine Auseinandersetzungen?«
»Nicht mehr als üblich.«
»Dann weiß ich auch nicht, was es ist. Sie liegt völlig apathisch da.« Ivy Tallis wischte sich wieder die Tränen ab. »Ich habe wirklich Angst, sie allein zu lassen! Was mag ihr denn nur zugestoßen sein? Heute nachmittag war sie doch noch ganz in Ordnung. Was ist denn seitdem passiert, das solche Folgen haben könnte?«
»Judge Martin!« erwiderte ich.
»Ach, der hat doch nichts damit zu tun! Warum sollte ihr der Tod des alten Kerls so nahegehen? Dazu kenne ich sie zu gut!«
Ich hätte am liebsten mit ihr geheult, aber ich war dazu nicht imstande. Ich saß nur stumm da und starrte sie an. Wartete.
Ivy stand auf.
»Ich werde mal nachsehen, wie es deinem Vater geht«, sagte sie. »Hat er schon zu Abend gegessen?«
»Ja, ich habe ihm etwas gerichtet.«
»Du bist ein Engel, Connie!«
Sie ging auf Zehenspitzen hinaus.
»Na, sieht ja ziemlich ernst aus!« murmelte Loverboy.

»Ich hab's dir doch gesagt!«
»Aber deine Mutter hat Judge Martin doch *gehaßt*!«
»Hat sie wenigstens behauptet.«
»Und wie sie ihn immer beschimpft hat!«
»War alles halb so wild!«
»Glaubst du, daß sie gelogen hat?«
»Nein, vermutlich nicht. Ich glaube nur nicht, daß sie alles über ihn gesagt hat. Wahrscheinlich hat sie ihn wirklich gehaßt, obwohl es früher einmal anders gewesen war.«
»Du meinst, daß sie ihn geliebt hat?«
»Ich weiß es nicht bestimmt, aber ich nehme es an.«
Ich zog meine Schuhe an, und wir verließen das Schlafzimmer. Bevor wir hinuntergingen, schaute ich nach Mom.
In ihrem Zimmer war es immer noch dunkel. Sie hatte sich unter der Bettdecke zusammengekauert wie ein Kind im Mutterleib.
»Mom?«
»Hm?«
»Brauchst du was?«
»Nein.«
»Soll ich hierbleiben?«
»Nein. Geh nur!«
»Ich bleib nicht lange!« Dann schloß ich leise die Tür.
Im unteren Stockwerk spülte Vater gerade das Geschirr. Er lächelte, als er uns sah, aber unter der freundlichen Oberfläche war etwas, was mich ängstigte.
»Sie wird sich schon wieder erholen«, sagte er.
»Klar!« erwiderte ich.
»Sie kommt jetzt in das Alter, in dem Frauen ein bißchen merkwürdig werden. Du wirst sehen, morgen ist sie wieder völlig normal und wieder ganz die alte. So ein Zirkus! Fast könnte man meinen, daß der Jüngste Tag gekommen wäre...«
Ich war froh, von zu Hause wegzukommen. Mir war, als ob ich dort etwas zurückließe, das für immer zerbrochen war. Es kam mir vor wie eine große Wunde. Auf mir lastete

etwas, das nichts mit mir zu tun hatte und mich trotzdem schuldig fühlen ließ. Als ich die Haustür zumachte, schloß ich diesen Kummer ein oder schloß mich vielmehr davon aus. Wie auch immer, ich fühlte mich nun besser.
Ich ging mit Loverboy auf unserem Schleichpfad zur Burg: Wir machten den Umweg über die Rückseite der Straße, überquerten die Müllkippe und schlüpften durch einen seltsamen Tunnel aus Wellblech, den wir gebaut hatten, um die Neugierigen irrezuführen. Auf der Rückseite der Burg gab es einen geheimen Eingang, den unseres Wissens nur wir kannten.
Wir hatten das Erdgeschoß der Burg zu unserem Privatbereich gemacht. Über die Jahre hatte sich dort das Strandgut unseres Lebens angesammelt: altes Spielzeug, Comic-Hefte, Weinflaschen, ein altes Sofa, das wir auf der Müllkippe gefunden hatten, und ein ausgebrannter Fernseher, dessen Inneres durch einen Totenschädel aus Plastik ersetzt worden war. Ein paar Masken, die ich gemacht hatte, zierten die Wände. In der Mitte des Zimmers stand ein alter, hölzerner Tisch, der nur drei Füße hatte. Anstelle des vierten Fußes hatten wir eine zerbrochene Gitarre angenagelt, damit der Tisch stehen blieb. Auf der Tischplatte thronte eine kopflose Puppe auf einem Zylinder. Aus dem Hals der Puppe wuchs eine Plastiknelke heraus. Wenn man an einer Schnur auf der Hinterseite der Puppe zog, sagte die Blume: »Tut mir leid, Mama... tut mir leid, Mama...«
Ich fühlte mich hier heimischer als irgendwo sonst. Die Burg gehörte mir, war ein Teil meines Bewußtseins. Mein größtes Vergnügen bestand darin, mich zusammen mit Loverboy in dieser Nische meines Bewußtseins zu betrinken.
Loverboy schenkte zwei Gläser Wein ein.
»Zum Wohl!« sagte er. »Herzlichen Glückwunsch zum Geburtstag, alter Junge!«
»Dank dir, Baby!«
Wir leerten die Gläser in einem Zug.

»Und nun…« Loverboy ging zu dem hellrosa Schrank in einer Ecke des Raumes. »Um dir zu beweisen, daß der Schrank nicht leer ist!« Er übergab mir ein rechteckiges Paket, das in glitzerndes Goldpapier eingewickelt war. »Dein Geburtstagsgeschenk!«

Wir setzten uns zusammen aufs Sofa.

Loverboy schenkte uns wieder ein.

Ich riß das Papier auf, und dann kam eine schwarze Schachtel zum Vorschein. Ich schüttelte sie. In ihrem Innern rasselte etwas. Es fühlte sich fest und schwer an.

»Was ist das?« fragte ich.

»Sieh doch nach!«

Ich entfernte den Deckel: Seidenpapier, das ich wie Konfetti um uns herum verstreute. Im Innern befand sich ein gläserner Delphin. Er war blau und funkelte.

»Ach, Tal!«

»Gefällt er dir?«

»Klar!«

»Dachte ich mir!«

»Du kennst mich so wahnsinnig gut!«

»Mein Pech!«

»Komm, laß uns saufen, bis wir sternhagelvoll sind!«

Als wir die erste Flasche geleert hatten, wurde es draußen dunkel. Loverboy zündete die Kerzen des siebenarmigen Leuchters an, den wir auf die Herdplatte eines alten Gaskochers geschweißt hatten.

»Wie läuft's eigentlich bei dir und Angela?« fragte ich.

»Das ist das zweite Mal, daß du sie heute abend erwähnst! Was soll denn das? Stehst wohl auf sie, was?«

»Laß die Witze, Tal!«

»Ist ja schon gut!« Er ließ sich neben mir auf die Couch fallen.

»Also schön. Wie geht es Angela? Laß mich überlegen! Nun, Angela geht es gut. Warum, bist du anderer Meinung?«

»Ich weiß nicht so recht!«

»Du machst dir zuviel Gedanken, Con. Das war schon im-

mer dein Problem! Du bist ständig auf der Suche nach zerbrochenen Herzen und einem Melodrama!«
»Und dabei dachte ich immer, daß das Melodrama nach mir sucht!«
»So ein Quatsch! Aber du nimmst es einem ja nicht ab, daß man glücklich ist! Der geborene Pessimist! Das warst du schon als Kind!«
»Stimmt nicht!«
»Doch, ganz bestimmt! Vergiß nicht, daß ich dabei war!«
»Ich aber auch. Du kennst mich nicht so gut, wie du glaubst, Tal!«
»Wirklich? Nun, ich weiß zumindest mehr über dich als alle anderen!«
»Stimmt!«
»Also?«
»Was, also? Nur weil du mehr über mich weißt als alle anderen, heißt das noch lange nicht, daß du mich gut kennst. Etwas mehr als nichts ist schließlich immer noch fast nichts!«
Er sah mich an. Sein unversehrtes Auge füllte sich mit Tränen.
»Ach, Scheiße! Tut mir leid, Tal«, sagte ich und legte den Arm um seinen Nacken.
»Warum bist du denn plötzlich so verdammt schlecht gelaunt?«
»Tut mir wirklich leid!« Ich zog ihn näher zu mir heran. Der Geruch seines Rasierwassers berauschte mich mehr als der Wein. Er benutzte diese Marke, seit er angefangen hatte, sich zu rasieren. Jedesmal, wenn ich es roch, mußte ich an ihn denken.
Er legte seinen Kopf in meinen Schoß, und ich ließ meine Finger durch sein weißblondes Haar gleiten. Es glänzte fettig. Ich strich es glatt und tröstete ihn dabei. Ich fühlte seinen Atem an meinen Beinen.
»Tut mir wirklich leid«, sagte ich noch einmal.

Wir mußten eine Zeitlang geschlafen haben, denn als nächstes fiel mir auf, daß die Kerzen beinahe heruntergebrannt waren.
»Tal? He, Tal!«
»Hm.«
»Los, wach auf! Ich glaube, es ist schon spät! Ich habe Angela versprochen, daß wir noch bei ihr vorbeischauen. Sie muß auf Paul aufpassen.«
Loverboy richtete sich fröstelnd auf.
»Es ist kalt!« sagte er.

Wir klopften leise an Angelas Tür.
»Ihr seht ja furchtbar aus!« sagte Angela, als sie uns erblickte.
»Wir haben einen getrunken«, erklärte Loverboy.
»Ich seh's. Kommt herein! Ich mach euch Kaffee.«
Im oberen Stock hörten wir Pauls asthmatisches Atmen, daß es einem weh tat.
»So geht es schon die ganze Nacht«, sagte Angela und füllte den Wasserkessel. »Mir ist überhaupt nicht klar, wie er schläft! Ich hab alles für ihn getan, was ich konnte – hab ihn ein paarmal inhalieren lassen und das Fenster aufgemacht. Neben seinem Bett steht eine Schüssel mit Bleichlauge. Das soll angeblich helfen.«
»Aber wie?« wollte Loverboy wissen.
»Ich weiß nicht. Mutter hat es behauptet.«
»Wie soll das gehen?«
»Vermutlich durch die Dämpfe.«
»Wie denn das?«
»Ach, ich weiß auch nicht, Tal! Frag sie doch selbst, wenn sie jemals zurückkommt!«
»Wann wollten denn deine Eltern zurück sein?« fragte ich.
»Vor einer Stunde. Ich habe mein halbes Leben damit zugebracht, für sie den Babysitter zu spielen. Weißt du, manchmal könnte ich dabei wirklich aus der Haut fahren. Pauls

Geschnaufe. Manchmal keuche ich aus verfluchtem Mitgefühl sogar mit!«
»Er kann doch nichts dafür!« sagte Tal.
»Ich weiß auch, daß er nichts dafür kann, Loverboy. Aber das hindert mich nicht daran, die Wände hochzugehen!«
»Nur keine Panik!«
»Dann hör schon auf, mir ewig auf den Keks zu gehen!«
»Du gehst dir doch nur selber auf den Keks!«
»Ach, leck mich doch am Arsch!« schrie sie und rauschte aus der Küche hinaus. Wir hörten sie die Treppe hinaufstürmen und in ihr Schlafzimmer gehen.
»Ich möchte bloß wissen, was in euch gefahren ist!« sagte Tal.
»Bist du dir sicher, daß es nicht an dir liegt?«
»Ich habe doch nichts getan!«
»Das ist es ja eben!«
»Was soll denn das nun schon wieder bedeuten?«
»Ach nichts, Tal. Vergiß es!«
»Alle drehen durch!«
»Geh hinauf und schau nach ihr!«
»Nein. Laß uns gehen! Ich mag keine Szenen! Wir gehen ganz einfach. Ich bin müde. Bis morgen früh hat sie sich wieder gefangen.«
»...und die Nacht wird für sie um so beschissener sein! Nein, geh hinauf und sag ihr, daß du sie liebst!«
»Das weiß sie!«
»Wirklich?«
»Wir heiraten doch schließlich!«
»Tal...!«
»Ist ja schon gut! Aber warte hier. Ja? Geh nicht fort! Ich bin gleich wieder zurück!«
»Gut, ich warte.«
Er stieg hinauf. Ich blieb in der Küche, in der es so ungemütlich hell war, und horchte auf das hypnotische Murmeln der gedämpften Stimmen.
Nach einer Weile kam Angela wieder nach unten.

»Lover bleibt noch ein Weilchen, Con. Er läßt dir sagen, daß du gehen sollst. Er will sich morgen nach der Arbeit mit dir treffen.«
»Gut.« Ich lächelte. »Ist alles ...?«
»Ach, schau mal!« sagte sie, zog mich ins Wohnzimmer und knipste das Licht an. In einer Vase auf dem Fernseher waren meine Blumen. »Sie machen das Zimmer wirklich freundlicher!«
»Aber sie waren für dein Zimmer bestimmt!«
»Wegen Paul kann ich sie dort nicht haben!«
»Ach ja, natürlich! Nun, dann sag Loverboy, daß ich mich morgen mit ihm treffe. Ich werde versuchen, nach der Arbeit bei ihm vorbeizuschauen.«
»Ja«, antwortete sie.
»Das war ja ein verkorkster Geburtstag«, fügte ich hinzu.
Sie küßte mich. »Ich mag dich!«
»O weh, jetzt werde ich rot!«
Sie öffnete die Tür.
»Ach so, das hätte ich beinah vergessen!« sagte sie. »Denk dir nur, was für eine seltsame Begegnung ich am frühen Abend hatte! Ich schaute gerade aus dem Fenster, als die alte Mama Zep vorbeiging. Sie hat mir alles über Judge Martin erzählt.«
»Irgendwann einmal werde ich dir all die schauerlichen Details preisgeben«, sagte ich.
»Ich glaube nicht, daß ich's wissen will. Jedenfalls, als sie mir alles erzählt hatte, sagte sie plötzlich: ›Übrigens kannst du Concord Webster ausrichten, daß er mich morgen besuchen soll, wenn er dazu Lust hat. Ich habe ein paar interessante Neuigkeiten für ihn!‹«
»Hm«, machte ich nur.
»Was will sie dir erzählen, Con?«
»Ach, Geschichten!« erwiderte ich.

Zweiter Teil

Brief an eine schwergeprüfte Geliebte

5. Kapitel

»Ich will dir etwas verraten«, flüsterte Mama Zep, »aber nur, wenn's dich wirklich interessiert! Ich hatte Skrupel, daß ich vielleicht nicht die richtige Person dazu bin und es mir nicht zusteht, den Schleier über dem Geheimnis zu lüften. Aber vielleicht doch. Möglicherweise bin ich nämlich die einzige, die alles weiß. Jedenfalls bin ich die einzige, die *sie* wirklich kennengelernt hat.«

»Sie?«

»Die Dritte im Bunde. Die Dritte im Bunde der drei Mädchen. Es waren drei. Ach, wie schön sie waren. Ich kann sie immer noch vor mir sehen: deine Mutter, Rachel Sims und Petra Gerda.«

»Rachel war...«

»Ja?«

»...Judge Martins Frau.«

»Die sich das Leben genommen hat?«

»Nein, sie ist bei der Geburt ihres Kindes gestorben.«

»Richtig, der Teufel hatte ja ein Kind! Das hast du schon einmal erwähnt. Wo ist denn sein Sohn hingekommen?«

»Nach Rachels Tod hat Judge seinen Sohn zu Helen Martin gebracht, um ihn aufzuziehen. Helen ist Judges ältere Schwester.«

»Ich habe den Sohn nie gesehen.«

»Soviel ich weiß, ist er nie mehr hierher zurückgekommen.«

»Wo lebt er nun?«

»Irgendwo anders. Aber Helen wird zurückkommen müssen, um ihren Bruder zu beerdigen. Ihr bleibt nichts anderes übrig. Sie kann ihn nicht einfach unter einem Blätterhaufen verscharren.«

»Es waren also drei Mädchen: meine Mutter, Rachel und...«

»Die dritte.«
»Ja, die dritte.«
»Petra Gerda«, sagte sie lächelnd. »Willst du eine Tasse Tee?«
»Gerne. Also gut, aber ich sehe immer noch nicht, worauf du hinauswillst, Mama Zep!«
»Hm.«
»Sag, hatte meine Mutter ein Verhältnis mit Judge Martin, als sie noch jünger war und bevor sie meinen Vater heiratete?«
Mama Zep saß mir gegenüber und kicherte. »Ach, mein süßer, kleiner Connie! Ganz so einfach ist es dann auch wieder nicht! Schön, wenn's so wäre! Aber Liebesaffären sind immer komplizierter, weil Menschen in sie verwickelt sind, und Menschen sind von Natur aus kompliziert.
Also paß mal auf! Ich bin eine alte Frau. Ich habe alles gesehen, was es in dieser Straße im Lauf der Zeit zu sehen gab, aber es bedeutet mir immer noch nichts. Je älter ich werde, um so unsicherer werde ich. In dieser Straße habe ich Gespenster gesehen! Tausende und Abertausende von Gespenstern, die sich gegenseitig den Platz streitig machten, in räumlicher wie in zeitlicher Hinsicht. Jedes dieser Gespenster härmt sich ab und ist traurig. Manchmal beobachte ich sie nachts vom Fenster meines Schlafzimmers aus. Dann kommt einem die Straße wie ein Marktplatz vor, weil sich so viele Verstorbene dort tummeln. Sie wandern ziellos umher: Töchter, die nach ihren Müttern, Mütter, die nach ihren Töchtern und Liebende, die nach ihren Partnern rufen. All die armen Verstorbenen! Ich möchte ihnen helfen, aber es sind zu viele. So ist die Vergangenheit nun einmal, Connie!
Weißt du, wir werden alle mit mehr oder weniger ausgeprägten übersinnlichen Fähigkeiten geboren. Ich glaube wirklich fest daran. Allerdings nicht die Art von Magie, die einen Wunder vollbringen läßt, sondern die es einem ermöglicht, etwas Besonderes zu sein. Wenn man diese Zauberkraft aber unterdrückt und daran hindert, sich zu entfal-

ten, verdirbt und verfault sie in deinem Innern und wächst wie ein Krebsgeschwür in dir weiter, bis du schließlich zu einer Art Monster wirst. Zu einem Teufel, wenn du so willst.«

»Ist das mit Judge Martin passiert?«

»In gewisser Weise, ja.«

»Er hat seine Zauberkraft verloren?«

»Oder sie wurde ihm weggenommen!«

»Von wem denn?«

»Von…«

Der Wasserkessel auf dem Gasherd fing an zu pfeifen. Mama Zep berührte meine Hand, lächelte mir zu und machte dann Tee.

Ihr Zimmer war mit Puppen und Spielzeug vollgestopft. An den Wänden befanden sich Regale mit Marionetten, die mich ausdruckslos anstierten. Es roch nach Staub und Geißblatt. In der Mitte des Zimmers stand ein Tisch, der mit einer Spitzendecke bedeckt war. Auf der Decke lag eine Kristallkugel.

Mama Zep reichte mir eine Tasse mit blutrotem Tee.

Sie nickte und lächelte vor sich hin. »Mein voller Name lautet: Zeppelina Rosalind Black. Ich sag dir das, weil die Namen wichtig sind. Ich wurde nach den Zeppelin-Luftschiffen benannt, die meine Mama so hinreißend fand. Damals war es ein ziemlich geläufiger Name. Hat man mir wenigstens weisgemacht. Die Jungen wurden angeblich Zeppelin und die Mädchen Zeppelina genannt, obwohl ich nie jemanden mit diesem Namen getroffen habe! Vielleicht bin ich die einzige, die von denen noch übrig ist oder überhaupt die einzige. Wer weiß? Alle Namen sind einmalig!

Meine Mutter pflegte mich ihre ›schwarze Rose‹ zu nennen, und auch ich begann mich selbst so zu sehen: als Laune der Natur, als eine schwarze Rose. Es ist wichtig, wie man sich selber sieht, weil man sich nach der eigenen Vorstellung zu formen scheint. So wurde ich zum Namen, mit dem man mich rief: zur schwarzen Rose unserer Straße.

Als ich sechs oder sieben Jahre alt war, sah ich mein erstes Gespenst. Ich erschrak nicht, weil ich gar nicht wußte, was es war. Es geschah an einem klaren Sommertag: Ich spielte gerade im Garten, als dieser alte Mann zu mir herantrat. Ein sehr netter, älterer Herr.
›Hallo‹, sagte er zu mir.
›Hallo‹, erwiderte ich.
›Du kennst mich wohl nicht, oder?‹
›Wie sind Sie denn in unseren Garten gekommen?‹ war alles, was ich herausbrachte.
Er versicherte mir, daß in Gärten hereinzukommen seine geringste Sorge sei. Wir haben dann ewig lange miteinander geschwatzt. Er hat mit meinen Spielsachen gespielt und mir erzählt, daß er als kleines Kind Puppen mochte.
›Aber Jungen mögen doch keine Puppen!‹ widersprach ich.
Lächelnd raunte er mir etwas zu. Ich kann mich nicht erinnern, was es war. Nach einer Weile sagte er, daß er nun gehen müsse. Ich bat ihn wiederzukommen, was er mir auch versprach. Bevor er wegging, trug er mir noch eine Botschaft an meine Mutter auf.
Als ich ins Haus zurückkam, sagte Mutter, daß sie mir vom Küchenfenster aus zugeschaut hätte.
›Wie ist denn der alte Mann in unseren Garten gekommen?‹ fragte ich.
›Welcher alte Mann?‹
›Der alte Mann, mit dem ich gespielt habe!‹
›Aber du warst doch ganz allein, Liebes!‹
›Nein, er hat sich stundenlang mit mir beschäftigt!‹
Meine Mutter lächelte nachsichtig.
›Ich soll dir auch etwas von ihm ausrichten!‹ plapperte ich.
›Ja, was denn, Liebes?‹
›Er sagte, du wärst für ihn immer noch sein kleiner Engel von den… den…‹
›Blumen?‹ half mir meine Mutter nach.
›Ja, genau, von den Blumen!‹

Sie zog mich in ihre Arme.
›Du lieber Gott‹, rief sie, und Tränen liefen ihr über die Wangen. ›Ich kann ihn jetzt sogar riechen. Ach Papa, mein lieber Papa!‹
Ich versuchte mein möglichstes, um meine Mutter zu trösten, die umgefallen war und nun hilflos auf dem Küchenboden lag.
Weißt du, ich war ihrem toten Vater, meinem Großvater, begegnet, der starb, bevor ich geboren wurde.
So entdeckte ich also meine Zauberkraft.
Aber die magischen Fähigkeiten sind bei jedem verschieden, so wie ja auch jeder Mensch die Liebe anders empfindet. Es gibt alle möglichen Arten von Magie, auch wenn wir nur das eine Wort dafür haben. Obwohl uns die Sprache nicht hilft, stammeln wir weiter...
Wahrscheinlich fragst du dich, was dies alles mit der Geschichte von Judge Martin und den drei Mädchen zu tun hat. Nun, vorderhand natürlich nichts, aber andererseits...« Sie lächelte. »Weißt du, ich habe sie alle gut gekannt: Faith, Rachel, Petra und meinen kleinen Judge. Alle! Bei drei der Geburten war ich dabei... und habe gehört, wie die Babys ihre Ankunft in dieser Welt hinausschrien. Einschließlich Petra. Petra war etwas ganz Besonderes. Sie unterschied sich von den anderen. Auf ihre Art war sie vollkommen und wunderbar.« Mama Zep schlürfte ihren Tee.
Draußen hörte ich Kinder auf der Straße spielen. Durch den Spitzenvorhang schaute ich ihnen zu.
Mama Zep nickte.
»Ja«, fuhr sie fort, »Kindergelächter. Es verändert sich nie, bleibt immer das gleiche wie auch das Weinen. Obwohl nicht zwei Menschen gleich weinen. Deswegen ist es auch so schwer, seine Mitmenschen zu verstehen. Wir nehmen an, daß auch alle anderen das gleiche empfinden wie wir. Was aber nicht stimmt, wenigstens nicht immer und vielleicht sogar nie.«

»Du hast mir immer noch nicht erzählt...«
»Ich weiß, aber ich habe damit angefangen, was viel wichtiger ist. Schau zum Fenster hinaus! Was siehst du?«
»Spielende Kinder.«
»Und?«
»Autos, Mülltonnen, eine schwarze Katze.«
»Das Wichtigste hast du dabei allerdings übersehen! Das, was schon immer dagewesen ist. Wenn du zum Fenster hinausschaust, ist doch das Wichtigste: die Straße. Dieselbe wie schon immer. Willst du noch Tee?«
»Nein, danke.«
»Also, wo soll ich beginnen. Hast du jemals den Namen Jessica Silver gehört?«
»Nein.«
»Jessica heiratete Gabriel Martin.«
»Dann war sie also Judge Martins Mutter?«
»Ja. Laß uns so weit in der Zeit zurückgehen. Vor vielen Jahren lebte hier ein wunderschönes Mädchen mit Namen Jessica Silver. Ein schüchternes, liebes kleines Ding, das jeder gern hatte. Ich kannte sie schon, als sie noch ein kleines Mädchen war. So ein zauberhaftes kleines Ding mit einem Lachen wie Glockengeläut, das mir noch manchmal in den Ohren nachklingt. Wirklich ein wunderschöner Laut!
Es hatte schon immer festgestanden, daß Jessica Silver einmal Gabriel Martin heiraten würde. Was auch wirklich geschah. Sie zogen zusammen in ihr neues Heim. Unmittelbar vor Kriegsausbruch gebar Jessica ihr erstes Kind. Ein Mädchen.«
»Helen«, sagte ich.
»Ja, Helen. Helen schlug ihrer Mutter nach: Sie war schüchtern, ein bißchen ungesellig und hatte das gleiche glockenhelle Lachen wie Jessica, obwohl es in ihrem Wesen auch eine Schattenseite gab, einen Hang zur Melancholie.«
»Und als der Krieg aus war?«
»Gabriel Martin kehrte als Held heim. Er hatte im Krieg ein Auge verloren, aber vor allem hatte er sich wesensmäßig

verändert. Ich spürte sofort, daß es in ihm gärte. Er hatte Greueltaten vollbracht und verbarg nun etwas. Ich konnte es förmlich spüren! Ja, wirklich! Da war etwas Böses. Wir wußten alle, daß er kein Unschuldslamm war, als er eingezogen wurde, aber als er aus dem Krieg zurückkehrte, hatte er sich zu einem Monster entwickelt! Wahrscheinlich hatte er dort Schreckliches erlebt, das nun zu einem Teil von Gabriel Martin geworden war. Die Leute fürchteten sich vor ihm, selbst dann, wenn sie ihn mochten. Ich hatte bei ihm immer das Gefühl, daß er zu allem fähig wäre. Ich konnte es an seinen Augen ablesen.«

Sie schenkte sich noch eine Tasse Tee ein, tunkte ihren Keks in die blutrote Flüssigkeit und saugte mit ihren reptilienhaften Lippen daran.

Ich wartete.

Sie lächelte mich an.

»An dem Tag, als Gabriel Martin aus dem Krieg zurückkehrte, sagte er zu seiner Frau, daß sie ein Kind bekommen werde. Sie hätte in der Angelegenheit überhaupt nicht mitzureden und würde noch ein zweites Kind bekommen, ob es ihr nun paßte oder nicht, und damit basta! Wenn nötig, würde er sie dazu ans Bett fesseln. Und dieses Mal würde sie besser daran tun, einem Jungen das Leben zu schenken, oder sonst –! Jessica hat mir alles erzählt, weil sie solche Angst hatte. Sie brauchte jemanden, der ihr half, aber ich konnte nichts für sie tun. Ich war genauso hilflos wie sie.

›Du wirst mir einen Sohn schenken!‹ hatte Gabriel zu Jessica gesagt.

Was dann auch wirklich der Fall war. Sie gebar einen Sohn. Ein wunderschönes Kind!«

»Judge Martin«, sagte ich.

»Ja, Judge Martin«, erwiderte sie und lächelte dabei. »Der kleine Judge Martin.«

Mama Zep strich sich mit der Hand über ihr feuerrotes Haar und seufzte. Dann sah sie mich an und lächelte.

»Judge Martin!« sagte sie. »Wie habt ihr ihn immer genannt?«
Ich zögerte, bevor ich antwortete: »Wir hatten viele Namen für ihn, vor allem war er für uns der ›Teufel‹…«
»Der Teufel! Ja, richtig: der Teufel!«
»War Judge sein richtiger Name? Weißt du, ob es der Name ist, der auf seiner Geburtsurkunde steht?«
»Ob ich es weiß? Ja, natürlich. Ich habe ihm nämlich seinen Namen gegeben.«
»Du?«
»Ja, ich habe dem Teufel seinen Namen gegeben.«
»Wie das?«
»Hör zu, ich werde dir von der Nacht erzählen, in der er geboren wurde. Ich kann mich noch ganz genau erinnern: an die Nacht, in der ein Mensch geboren wurde und ein anderer starb. Auf gewisse Weise jedenfalls. Wie es sich eine Generation später wiederholte. Alles passiert immer wieder, eine endlose Kette! Ereignisse, die immer wiederkehren, damit man keine Ruhe findet. Keiner kommt ungeschoren davon, Concord Webster!
Weißt du, mir war klar, daß Gabriel Martin völlig übergeschnappt war. Er fing an zu trinken, zu spielen und seine Frau zu verprügeln – was bei einem Mann aber noch nicht als Anzeichen von Verrücktheit gilt. Ganz im Gegenteil. Die meisten Männer hier in der Gegend erliegen dem Suff und dem Spiel und verprügeln ihre Frauen. Aber… ach, die schrecklichen Geschichten, die mir die arme Jessica erzählte! Ich glaube, daß sie um Helen fürchtete, um ihr erstes Kind. Helen muß sieben oder acht gewesen sein, als Judge unterwegs war. Wahrscheinlich hatte Jessica Angst, daß Gabriel sich an Helen vergehen könnte. Ich meine, sexuell. O ja, er war ein gewalttätiger Mann. Böse. Etwas in seinem Innern machte ihn zu einem richtigen Monster. Kein Monster wie… es Judge schließlich wurde, sondern ein wirkliches Monster, das den anderen das Leben zur Hölle machen kann.

Jessica bat mich, Helen soviel wie möglich bei mir zu behalten. Was ich dann auch getan habe. Ach, sie war ein so schönes Kind, und mit der Zeit wuchs sie mir so ans Herz, als ob sie mein eigenes Kind gewesen wäre. Wirklich! Sie war etwas ganz Besonderes, und sie haßte ihren Vater so abgrundtief, wie ich es bei einem so jungen Menschen nie wieder erlebt habe.
Einmal habe ich mit ansehen müssen, wie er sie an ihren langen, schwarzen Haaren die ganze Straße entlangschleifte. Dabei schrie und trat sie ihn die ganze Zeit. Auch als sie im Haus waren, hörte ich noch ihr Gekreisch, als er sie mit dem Gürtel auspeitschte. Dann Jessicas Geschrei, als sie ihn anflehte aufzuhören, und ihre Schreie, als er auch sie mit dem Gürtel schlug. Am nächsten Tag konnte ich sehen, daß Helen und Jessica über und über mit Schnittwunden und Prellungen bedeckt waren. Wogegen Gabriel nur mit seinen Saufbrüdern in eine Kneipe ging, sich darüber lustig machte und vollaufen ließ – um seine Sorgen zu vergessen, wie er sagte. Seine Sorgen! Daß ich nicht lache! In Gabriel Martins Seele war nämlich nichts mehr, außer dem Geheimnis. Das Geheimnis, das ihn aufrieb.
In dieser Lage befand sich Jessica, als die Frucht ihres Leibes herangereift war und sie unmittelbar vor der Geburt ihres Sohnes stand. Gabriels Verwünschung sollte sich als hellsichtig erweisen. ›Du wirst einen Sohn bekommen‹, hatte er gesagt, und es traf auch wirklich ein.
Aber… ach, ich will das, was nun kommt, ganz sorgfältig beschreiben, denn die Nacht ist wichtig, in der sich Judge Martin schreiend seinen Weg in die Welt gebahnt hat. O ja, alles in dieser Nacht schien ein böses Omen, schien prophetisch zu sein! Ich hätte die Zeichen erkennen und ihn beschützen sollen. Aber gegen das Schicksal war ich machtlos. Ja, das Schicksal, Concord Webster!«
Das Ticken der Uhren um uns herum schien lauter zu werden, bis es schließlich den ganzen Raum erfüllte und in den Ohren dröhnte. Das Ticken verschmolz mit dem Geruch

des Geißblatts und den Geschichten, die wie Fledermäuse Mama Zeps schmallippigem Mund entfleuchten.
»Wenn jemand in Not ist«, fuhr sie so leise fort, daß ich sie kaum verstehen konnte, »bringt man ihn in einen magischen Kreis. Ja, du ziehst einen Kreis um ihn, in dem er sicher ist, weil dort deine Liebe wirkt. Bleibt er aber ungeschützt, schlägt die Finsternis über ihm zusammen.
Eines Nachts versetzte Gabriel Martin seiner Frau einen solchen Stoß, daß sie die Treppe hinunterfiel. Ich weiß auch nicht, warum er das tat. Keiner wußte es, nicht einmal Jessica. Er brauchte keinen Grund. Danach schloß er Jessica in den Kohlenschrank ein. Ihre Schreie weckten mich, und ich ging zu ihrer Wohnung, wo ich beinahe die Haustür eingeschlagen hätte. Drinnen hörte ich Jessica jammern: ›Zerbrochen... zerbrochen... zerbrochen...‹ Gabriel öffnete die Tür.
›Laß mich sofort hinein!‹ verlangte ich.
›Das geht dich überhaupt nichts an, du alte Wetterhexe!‹ fuhr er mich an. ›Scher dich zum Teufel!‹
›Ich bin hier richtig am Platz, Gabriel Martin‹, sagte ich, ›wenn du deinen Sohn nicht in einem dunklen Rattenloch zur Welt kommen lassen willst!‹
Zögernd ließ er mich ins Haus. Ich öffnete die Tür zum Kohlenschrank. Jessica schrie jämmerlich. Nachbarn halfen mir, sie in ihr Schlafzimmer zu bringen.
Während sie vor Schmerzen schrie, fegte ein Sturm durch die Luft. Ja, es donnerte, als sich Judge Martin seinen Weg in die Welt bahnte. Der schlimmste Sturm, den ich jemals erlebt habe. Regen peitschte ans Fenster. Es blitzte. Eine Nacht zum Fürchten, Connie Webster! Die Wehen dauerten lange und kosteten Jessica viel Blut. Als der Knabe geboren wurde, hatte er eine Glückshaube über dem Gesicht: eine milchige Maske. Ich entfernte sie. Judge hatte schwarzes Haar und schwarze Augenbrauen. Ich hatte noch nie einen Neugeborenen mit so dichtem Haar gesehen. Ich biß die Nabelschnur durch und hielt das blutige, glitschige Bündel

im Arm, hielt es und flüsterte ihm ins Ohr: ›Du bist nun hier. Alles hat angefangen!‹ Worauf er die Augen öffnete und zu atmen begann. Er hat nämlich überhaupt nicht geschrien. Es war nicht nötig. Er hat nur die Augen geöffnet und zu atmen begonnen und mich angeschaut. Ich kann es beschwören! Ich erinnere mich noch ganz genau: Er sah mich wahrhaftig an und lächelte! Mit seinem fragenden Blick sagte er mir: ›Ja, ich bin hier. Ob es wohl sehr schön wird?‹
›Ja, sicher‹, antwortete ich. ›Sicher wird es wunderschön, mein Engel!‹« Mama Zep begann zu weinen. Mit einem schwarzen Taschentuch wischte sie sich die Tränen ab. Dann sah sie mich an und lächelte.
»Ach, wie albern«, sagte sie, »nach der langen Zeit noch zu weinen! Aber die Tränen gehören nach wie vor dazu. Was soll schon dabei sein?
Als ich Jessica das Kind in den Arm legte, bemerkte ich etwas Seltsames: Ihr Haar war schlohweiß geworden. Weiß wie Schnee. Als ob ihr die Geburt alle Farbe entzogen und sie in ein Gespenst, ein Phantom verwandelt hätte. Aber sie war glücklich und freute sich über das Kind.
›Seht nur seine Augen an‹, sagte eine der Nachbarinnen. ›Und sein Haar. So ein kleiner Teufel ...!‹
›Nein!‹ wies ich sie zurecht. ›Kein Teufel! Sag das nie mehr zu ihm! Ein Engel – los, sag's! Mach ihn nie mehr glauben, daß er ein Monster ist!‹
›Welchen Namen soll ich ihm denn geben?‹ fragte Jessica. ›Ich habe mich noch gar nicht damit beschäftigt!‹
›Wir müssen vorsichtig sein‹, sagte ich. ›Namen besitzen magische Kräfte und bedeuten Macht. Wir werden nach unseren Namen beurteilt.‹
Jessica lächelte und sagte:
›Dann werde ich ihn also *Judge* nennen!‹
So kam er zu dem Namen *Judge Martin*.«
Sie stand auf und ging zu einem der Regale mit den Puppen. Zärtlich streichelte sie ein paar davon. Ihre weißen Gesichter sahen sie starr und ausdruckslos an.

»Es könnte sein, daß dies nicht bloß Puppen sind«, sagte sie, »kein Spielzeug, sondern Nachbildungen von Menschen. Manchmal kommt es mir dann auch wirklich so vor, als ob in jeder der von mir gemachten Puppen die Seele eines Bewohners dieser Straße steckte und es meine Pflicht sei, diese Menschen zu beschützen. Ich bin ihre Beschützerin, wenn du so willst, und muß über ihre Zukunft wachen.«
Sie kam zurück und setzte sich mir gegenüber. Eine seltsame Stimmung herrschte nun zwischen uns. Ein spiritistisches Flair. So, als ob ich an einer rituellen Zeremonie teilgenommen hätte.
»Jessica erholte sich nie mehr so ganz von Judges Geburt, was Gabriel aber nicht davon abhielt, sich wie das Scheusal aufzuführen, das er auch wirklich war. Instinktiv spürte er, daß seine Frau mit dem Baby nun sehr viel leichter zu verletzen war. Ach, ich kann mich noch so gut an alles erinnern! Bei einem Streit riß er den Säugling sogar aus seinem Bettchen und ließ ihn aus dem offenen Schlafzimmerfenster herabbaumeln. Wie ein Huhn hielt er ihn an den Füßen. Angeblich wollte er das Kind auf das Pflaster hinabfallen lassen; er drohte Jessica damit, sein eigenes Kind zu töten. Ach, er war nun völlig durchgedreht! Wenn ich das Baby manchmal auf dem Arm hielt, sah ich, daß seine niedlichen Beine mit Brandstellen übersät waren, weil Gabriel Martin dort seine Zigaretten ausgedrückt hatte. Ach, wie ich um diese Kinder bangte und natürlich auch um Jessica. Im Haus war keiner mehr sicher vor ihm. Wirklich keiner!«
Sie sah zum Fenster hinaus und lächelte.
»Aber da waren schon die Vögel, Concord Webster: für mich die ersten Anzeichen einer magischen Begabung meines kleinen Judge. Die Vögel! Immer, wenn Jessica den kleinen Judge in seinem Kinderwagen vor die Eingangstür stellte, flogen die Tauben und Spatzen zu ihm herab. Wie die anderen Mütter fürchtete auch Judges Mutter um ihr Kind. Sie dachten, daß das Kind in Gefahr wäre. ›Seine

Augen!‹ sagten sie. ›Die Vögel werden ihm die Augen herauspicken.‹ Bald zeigte sich aber, daß dies nicht der Fall war, daß die Vögel nur in der Nähe von Judge Martin sein wollten. Er rief sie zu sich her, und auf seine stumme Art sprach er sogar mit ihnen. Sie blieben auf dem Dach des Kinderwagens sitzen, nisteten sich in Judges Decken ein und folgten ihm, als ihn Jessica zum Markt schob. Und ich wußte...«

Mama Zep berührte meine Hand. Ihre Haut faßte sich kalt an. Lächelnd fuhr sie fort:

»Ich glaube, daß Judge Martin seinen Vater getötet hat. Nicht direkt, aber gleichwohl brachte er ihn um. Es war auch nicht viel anders, als wenn er ihm selbst die Pistole in den Mund gesteckt und abgedrückt hätte. Weißt du, Judge hat sehr früh angefangen zu sprechen. Er hat alles so schnell aufgeschnappt. Das intelligenteste Kind, das mir jemals begegnet ist! Im Gespräch mit seinem Vater sagte das Kind einmal... etwas.«

Sie hielt inne.

»Was denn?« fragte ich.

»Weißt du, ich hab dir doch gesagt, daß Gabriel Martin ein Geheimnis hatte. Etwas, das sein Leben zerstörte, zumindest aber seinen Verstand. Etwas, das er getan, vielleicht aber auch nur gesehen hatte. Wie auch immer. Er sagte es keinem, war verschwiegen wie ein Grab... Nur sein Sohn wußte es, und der zweijährige Judge Martin sprach mit unschuldiger Kinderstimme über diese Greueltaten.«

»Aber wie hat er's denn rausbekommen?« fragte ich.

Mama Zep lächelte.

»Nun, er wußte es einfach. Was weiß ich, wie er's rausbekommen hat. Verstehst du, Gabriel hat seinen Sohn als Mittel gesehen, all diese Dinge zu vergessen, wenigstens unmittelbar nach seiner Rückkehr aus dem Krieg. Statt dessen brachte Judge die Erinnerungen zurück.«

»Und die waren?«

»Du meinst sein Geheimnis?«

»Ja.«
»Ich weiß es immer noch nicht!«
»Was ist denn passiert, als Judge das Geheimnis seines Vaters erriet?«
»Eine Zeitlang überhaupt nichts, außer daß Gabriel Martin immer versoffener wurde. Seine Kinder schrie er weiter an, aber er schlug sie nicht mehr. Dann, eines Nachts – er lag neben Jessica im Bett – knipste er die Nachttischlampe an, klopfte seiner Gattin auf die Schulter und sagte: ›Nun wird alles ganz wunderbar!‹ Danach nahm er die Pistole in den Mund und jagte sich eine Kugel durch den Kopf.«
Der Raum schien sich um mich zu drehen.
Mama Zep schüttelte den Kopf. »Kannst du dir das vorstellen? Das Blut spritzte über den Lampenschirm. Rotes Licht besudelte das weiße Zimmer!«
»Und Jessica?«
»Ach, sie schrie nicht und brach auch nicht in Panik aus. Sie stand auf und zog ihren Morgenrock an. Auf der Straße war eine Menschenmenge zusammengelaufen. Auch ich war darunter. Jessica öffnete die Haustür. Ihre Kinder schrien.
›Mama Zep, komm bitte herein!‹ sagte sie.
Ich ging mit ihr hinein, und sie machte die Tür hinter uns zu.
›Würdest du bitte Helen eine Zeitlang zu dir nehmen?‹
Ihr Gesicht und ihr Haar waren blutbeschmiert. Wie die anderen Bewohner unserer Straße hatte auch ich den Schuß aus der Pistole gehört. Ich dachte, daß Jessica vielleicht verletzt wäre, packte sie an den Armen und zog sie zu mir heran. Ihre Augen waren so klar, wie ich sie nie zuvor gesehen hatte. Wenigstens nicht, seit sie mit Gabriel Martin verheiratet war. Es war der Blick eines jungen Mädchens.
›Nein‹, sagte sie, als sie meine Angst spürte, ›ich bin nicht verletzt und auch keines der Kinder. Gabriel hat sich das Leben genommen. Er ist oben. Bitte bring Helen weg, ich will nicht, daß sie es sieht!‹

›Aber was ist mit Judge?‹
›Er ist im Schlafzimmer. Er ist noch zu klein, um es zu verstehen.‹
›Aber…‹
›Bitte, bring sie weg!‹
So nahm ich also Helen mit zu mir.
Als man Jessica später fand, hielt sie Judge in den Armen. Sie saßen miteinander auf dem Bett und sahen den toten Gabriel an.
Du wirst es nicht glauben, aber das Blut färbte Jessicas Haar rot. Ich meine das ernst! Von diesem Tag an bis zu ihrem Tod hatte sie leuchtend rotes Haar. Wie ihr Judges Geburt die Farbe entzogen hatte, so hatte sie ihr Gabriels Tod wieder zurückgegeben.
Nun mußte Jessica ihre beiden Kinder ganz allein großziehen, obwohl Helen mit der Zeit erstaunlich selbständig wurde und ihren kleinen Bruder pflegte, wenn er krank war; und Judge war sehr oft krank.
Als kleiner Knabe besuchte mich Judge ziemlich oft. Kinder haben mich schon immer mehr gemocht als Erwachsene, das hat sich bis heute nicht geändert. Der kleine Judge Martin – wie alt mochte er gewesen sein? Sechs oder sieben ungefähr – suchte mich also des öfteren auf. Er setzte sich dann immer dorthin, wo du jetzt sitzt. Bei dieser Gelegenheit habe ich dann das über den Staub, die Milch und die Tassen herausgefunden.«
»Wie bitte?«
»Den Staub, die Milch und die Tassen.«
»Das verstehe ich nicht!«
»Eins nach dem anderen! Zuerst also der Staub: Schon seit einer Ewigkeit hatte mir Jessica immer wieder erzählt, wie sehr sich Judge vor Staub fürchtete. Oh, nicht, wenn er auf Gegenständen liegenblieb, sondern wenn sich die Staubpartikel in den Lichtstrahlen verfingen. Wenn nämlich durch ein Loch im Vorhang Licht einfällt, in dem sich der Staub wie Nebel wälzt. Wenn er dies sah, zitterte er immer vor Angst.«

»Wie das?« fragte ich.
»Eines Tages saß er wieder auf dem Platz, wo du jetzt sitzt, und starrte angstvoll in die Ecke, wo die Puppen sind.«
Ich schaute dorthin.
»›Staub!‹ sagte er zu mir.
Nun, ich strengte meine Augen an, aber konnte keinen Staub entdecken. Zu dem Zeitpunkt war es im Zimmer ziemlich dunkel.
›Da ist aber kein Staub‹, sagte ich.
›Staub! Staub! Staub!‹ wiederholte er beharrlich.
Dann begriff ich, was er meinte. Er sah überhaupt keinen Staub, sondern etwas, was seinem kindlichen Blick als Staub erscheinen mußte. Er sah Gespenster und hatte offenbar dieselbe übersinnliche Gabe, die ich als Kind gehabt hatte. Er konnte die Toten sehen, und sein Staub waren Gespenster.«
Sie lächelte und deutete auf die Ecke.
Ich fühlte, wie es mir eiskalt den Rücken herunterlief.
»Ich sagte damals zu Judge, daß er sich vor ihnen nicht zu fürchten brauchte, daß sie ihm nichts zuleide tun würden, daß der Staub gut und harmlos sei. Ich glaube, daß er mir vertraute. Seine Angst ließ nach. Er erklärte, daß der Staub mit ihm spräche, aber daß er die Worte nicht verstände, und ich erwiderte ihm darauf, daß er sich darüber nicht den Kopf zerbrechen sollte, eines Tages werde er es verstehen.
Dann die Sache mit der Milch: Eines Tages erklärte mir Judge: ›Ich kann Milch sauer machen.‹
›Wirklich?‹ erwiderte ich, ›wie denn?‹
›Paß auf!‹ sagte er…
…und goß Milch aus ein und derselben Flasche in zwei Tassen. Dann tauchte er den Finger in eine der Tassen – und die Milch wurde wirklich sauer. Als er mir die Tasse gab, um nachzusehen, war die Milch in der feinen Porzellanschale schon ganz geronnen. Wir versuchten es noch ein paarmal, und es klappte jedesmal. Er konnte also die Milch durch bloßes Berühren gerinnen lassen. Hm. Was kam dann?«

Ich erinnerte sie an die Tassen.
»Ach ja.« Sie kicherte vor sich hin. »Die Tassen. Natürlich. Eines Tages hatten wir einen Streit. Du weißt ja, wie Kinder sind! Kleinigkeiten können sie völlig aus der Fassung bringen. Trotz seiner magischen Begabung war Judge Martin ja auch noch ein Kind. Ich habe vergessen, weshalb wir uns stritten. Vielleicht wollte ich ihm irgend etwas nicht kaufen. Aber ich weiß es nicht mehr. Jedenfalls stand er auf, sah mich starr an und schrie: ›Ich komme nie mehr zu dir zurück!‹ Beim Wort ›zurück‹ zerbrachen alle Tassen auf dem Tisch – es waren etliche – in Tausende und Abertausende von Splittern, die dann über die ganze Tischdecke verstreut waren. Nun weißt du alles über den Staub, die Milch und die Tassen!«
»Ja«, sagte ich, »ich verstehe.«
Mama Zep stand auf.
Sie führte mich nach oben in ihr Schlafzimmer, das nicht von dieser Welt zu sein schien: Auch hier waren Puppen, die mich mit den Blicken verfolgten.
Sie holte eine schwarze Kiste unter ihrem Bett hervor.
»Da«, sagte sie, »sieh dir das einmal an!«
Sie nahm den Deckel von der Holzkiste, die mit Watte ausgestopft war, stöberte ein bißchen darin herum und brachte etwas zum Vorschein, das sie in dem weichgepolsterten Innern aufbewahrte: einen seltsamen, ockergelben Gegenstand, der aussah wie eine leere Austernschale.
»Was ist das?« fragte ich Mama Zep und griff nach dem seltsamen Etwas.
»Nein, faß es nicht an!«
»Aber was ist es denn?«
»Die Glückshaube, die Judge Martins Gesicht bei der Geburt bedeckt hat. Die Maske, die ich seitdem aufbewahre.«
Ich starrte verwundert auf das kümmerliche Überbleibsel menschlichen Gewebes. Dem Kästchen entströmte ein ungewohnter, fischartiger Geruch, und als ich hinsah, schienen aus dem getrockneten Hautfetzen Funken zu sprühen.

Mir war, als ob ich einen geweihten Gegenstand ansähe, was mich mit Verwunderung und Ehrfurcht erfüllte. Die Glückshaube ließ etwas Licht durch, und von ihrer Oberfläche wurden die Spektralfarben reflektiert.
»Wie schön!« bemerkte ich.
»Ja, er war wunderschön!«
»Die Maske des Teufels!« sagte ich.
»Schau in den Spiegel dort drüben!« befahl sie mir.
Die Tür ihres Schrankes bestand aus einem Spiegel.
»Ich muß jetzt gehen!« wiederholte ich. »Wirklich, ich bin mit Lover...«
»Schau vorher noch in den Spiegel! Dafür ist noch Zeit.«
Ich sah hinein.
»Was siehst du?«
»Mich«, antwortete ich.
»Dann beschreib dich!«
»Wie bitte?«
»Sag mir, wie du aussiehst, Concord Webster!«
»Hat das nicht Zeit bis zum nächsten Mal, wenn du mir das Ende der Geschichte erzählst?«
»Ach ja. Man kann vieles aufs nächste Mal verschieben, aber das muß jetzt erledigt werden! Schau dich an und sag mir, was du siehst!«
»Ich habe langes, rotes Haar, das glatt und sehr dicht ist. Wunderschönes Haar, wie Mom immer sagt.«
Sie gab mir recht.
»Mein Gesicht ist blaß und gespenstisch weiß.«
»Zerbrechlich!«
»Eher kränklich!« verbesserte ich sie.
»Weiter!«
»Graue Augen. Große, weitaufgerissene, wahrscheinlich unschuldige Augen. Stimmt's?«
»Ja, das würde ich auch sagen!«
»Schlank. Keine Haare auf der Brust. Schmale Nase. Lange Arme. Sehr großer Mund. Ein freundliches Lächeln?«
»Ja, sehr!«

»Ein weißes Hemd mit offenem Kragen, zerrissene Jeans, schwarze Stiefel, Ohrring im rechten Ohr...«
»Das Motiv?«
»Ein Totenschädel mit Zylinder.«
»Hm. Weiter!«
»Das wäre wohl alles!«
»So siehst du also aus?«
»Ja.«
»Mehr kannst du zu deinem Aussehen nicht sagen?«
»Nein.«
»Wenn ich dir nun sagen würde, daß du ganz anders aussiehst, was würdest du mir antworten?«
»Daß du dich getäuscht hast!«
»Also gut!« meinte sie lächelnd. »Vergiß nie, daß du ein schönes, unschuldiges Gesicht hast, Connie Webster! Laß dir von niemandem einreden, daß es anders ist. Es gibt nämlich immer Leute, die andere ummodeln wollen, weil es ihnen ein Gefühl von Macht gibt. Bleib, wie du bist, denn du weißt, wer du bist!«
»Ja.«
Als wir die Treppe hinuntergingen, sagte ich:
»Zu Beginn deiner Erzählung hast du angedeutet, daß dies die Geschichte von drei Mädchen sei. Bis jetzt habe ich noch keine davon kennengelernt. Nur meine Mom ist eine davon. Aber...«
»Du bist verabredet, geh jetzt zu Loverboy!«
»Aber...«
»Du wirst dich beeilen müssen!«
»Dann eben beim nächsten Mal!«
»Mein lieber Connie, es wird immer ein nächstes Mal geben!« Mama Zep hielt mir die Haustür auf. »Hast du übrigens dein Spiegelbild aus dem Spiegel genommen, bevor du gegangen bist?«
Ich lachte.
»Das war kein Scherz!« sagte sie grollend. »Mag sein, daß eine Katze neun Leben hat, aber wir haben nur eines. Unser

Spiegelbild ist Teil unseres Schattens. Wenn wir ihn verlieren, werden wir zu...«
»Vampiren«, fügte ich hinzu.
»Nanu, Connie, du mauserst dich ja zu einem richtigen Zauberlehrling!«
Dann schloß sie die Tür.

6. Kapitel

Loverboy machte gerade den Laden dicht, als ich dort ankam. »Komm nur herein«, sagte er. »Mein Gott, war das vielleicht ein hektischer Tag! Tut mir leid wegen gestern abend, ja?«
»Gestern abend?«
»Daß ich so sang- und klanglos mit Angela verduftet bin und mich nicht mehr gescheit verabschiedet hab. Ist sonst nicht meine Art!«
»Ach, macht doch nichts!«
»Ehrlich?«
»Ganz ehrlich. Sie hat dich dringender gebraucht als ich!«
»Nun, das würd ich nicht unbedingt sagen, aber sie war ziemlich schlecht drauf!«
»Wie lang bist du noch geblieben?«
»Bis ihre Eltern zurückgekommen sind. Sheila war sternhagelvoll! Mensch, bin ich froh, daß meine Mutter nicht so säuft. Es gehört sich einfach nicht für Mütter! Wahrscheinlich haben sie's nicht mal mitgekriegt, daß ich da war. Ich bin verduftet, während sie noch in der Küche waren.«
»Wo ist dein Vater?« fragte ich ihn.
»Er ist heute früher nach Hause gegangen. Heute ist doch Rock 'n' Roll: der Abend, an dem sich unsere Alten herausputzen und uns weismachen wollen, sie seien wieder sechzehn. Mir wird es dabei ganz anders! Aber ich bin ja nun ein großer Junge und kann den Laden allein dichtmachen!«

Ich setzte mich auf den Tresen und versuchte, mit ein paar Konservendosen zu jonglieren.
»Wie geht's deiner Mutter?« fragte Loverboy und öffnete die Kasse, die klingelnd aufsprang.
»Als ich heute morgen wegging, war sie immer noch im Bett. Sieht aber wieder besser aus. Vater wollte sie nicht allein lassen und ist deswegen zu Hause geblieben. Ich habe noch nie erlebt, daß er sich einen Tag freigenommen hat. Die schwerste Grippe hat ihn nicht von der Arbeit abhalten können. Es muß ihm schwer zu schaffen machen!«
»Hast du schon herausgekriegt, was es ist?«
»Nein.«
»Warst du bei Mama Zep?«
»Ja.«
»Was hat sie dir gesagt?«
»Ach, nichts.«
»Nichts?«
»Ja genau, nichts. Oder jedenfalls noch nichts. Hast du heute noch was mit Angela vor?«
»Ja. Wir gehen ins Kino. Kommst du mit?«
»Nein. Sie hat mich bald über, wenn ich immer dabei bin!«
»Sei bloß nicht albern! Sie mag dich. Das weißt du doch!«
»Stimmt, aber trotzdem wird sie mich bald dick haben!«
»Nicht, daß ich wüßte!«
»Schließlich will sie mit dir ausgehen und nicht mit mir!«
»Aber sie ist doch mit mir zusammen!«
»Ja, und du mit mir! Jetzt hör mir mal gut zu, Tal. Sie will mich nicht die ganze Zeit um sich haben, sondern mit dir ab und zu allein sein!«
»Ich verstehe nicht…«
»Ich weiß, Tal, aber ich kann's beschwören, und nun Schwamm drüber!«
»Du bist immer so ernst, Con!«
»Alle versuchen immer, mir das einzureden, am Ende glaube ich's noch selber!«
»Was tust du dann heute abend?«

»Ich muß arbeiten.«
»Am Drachenkopf?«
»Richtig!«
»Ich finde immer noch, daß du mitkommen solltest. Wir könnten essen gehen...«
»Bei dir redet man gegen eine Wand!«
Er lachte und verstaute das Geld aus der Ladenkasse in einer Plastiktüte. Ich ging mit ihm ins Hinterzimmer, wo er das Geld in einen Safe tat. Dann setzte er sich an den Tisch und schenkte uns Limonade ein.
Ich nahm ihm gegenüber Platz.
»Tja«, sagte er, »das Neueste vom Tage: jemand in Judge Martins Haus. Bei der Kundschaft drehte sich heute alles um das eine Thema: der alte Martin tot. Hat sich das Leben genommen. Warum hat er's getan? Warum nach so langer Zeit? Himmel, war das ein entsetzlicher Tag, ja?«
»Ja«, sagte ich nur, und dann: »Wer?«
»Wer was?«
»Wer ist in dem Haus?«
»Eine Frau.«
»Seine Schwester?«
»Woher weißt du das?«
»Himmel, Helen Martin ist wieder zurück!«
»Mensch, du weißt ja sogar ihren Namen! Ich dachte schon, ich könnte mit den Neuigkeiten bei dir Eindruck schinden, und dabei weißt du...«
»Was haben denn die Leute gesagt?«
»Ach, daß sie vor vielen Jahren weggegangen sei und dann nicht mehr aufkreuzte. Allem Anschein nach hat sie irgendwo auf dem Land gelebt.«
»Wo sie den Krieg über war?«
»Ja, stimmt. Vielleicht solltest du's mir erzählen, statt umgekehrt?«
»Nein. Mach nur weiter!«
»Allem Anschein nach...« Er holte tief Luft und nahm einen Schluck Limonade. »...ihre Mutter...«

»Jessica.«
»Ich weiß den Namen nicht. Also, Helens Mutter mußte ihre Tochter zu den Leuten zurückschicken, bei denen sie den Krieg über war. Sie hatte ihren Mann verloren und konnte es sich nicht mehr leisten, für beide Kinder zu sorgen, so daß sie Helen aufs Land schickte. Judge blieb bei seiner Mutter.«
»Hat dir jemand erzählt, wie Jessica Martin Witwe wurde?«
»Nein.«
»Ach so...«
»Weißt du's denn?«
»Nein, keine Ahnung«, sagte ich.
»Na gut. Das war's dann also. Jedenfalls... ist Helen Martin wieder in ihr Elternhaus zurückgekehrt. Angeblich war sie den ganzen Tag über damit beschäftigt, dort Ordnung zu schaffen. Das Gerümpel wird lastwagenweise weggeschafft. Frühjahrsputz in der Hölle, was?«
»Hört sich so an«, sagte ich. »Aber bist du dir sicher, daß sie allein ist? Ist nicht noch jemand dabei?«
»Nicht, daß ich wüßte.«
»Dann frage ich mich, wann er wohl kommt?«
»Wer denn?«
»Der Sohn. Judge Martins Sohn«, erwiderte ich. »Weißt du, Judge muß unbedingt wiedergeboren werden!«

Mom lag immer noch im Bett, als ich nach Hause kam. Ich brachte ihr eine Tasse Tee. Neben dem Bett stand ein Tablett mit Essen auf dem Boden, das sie nicht angerührt hatte. Die Vorhänge waren immer noch zugezogen. Die Luft war zum Schneiden.
Es erschütterte mich, Mom in dieser Verfassung zu sehen. Ihr Haar, das sie sonst immer so sorgfältig zurechtmachte, hing in glanzlosen Strähnen über das Kopfkissen herunter. Ohne Make-up und Haarspray war sie eine ganz andere Person. Irgendwie erschreckte mich das, machte mich verwundbar.

»Du mußt etwas essen!« Ich setzte mich auf die Bettkante und redete ihr gut zu.
»Warum?«
»Was soll denn das?«
»Ich fühle mich eben nicht gut!«
»Aber…«
»Keine Fragen, Con! Es geht mir heute besser als gestern, und morgen wird es mir besser gehen als heute, und so fort, bis ich mich gut genug fühle, um wieder auf meinem Posten sein zu können und für dich und deinen Vater die Sklavin zu spielen! Wo warst du denn heute nachmittag? Bei Loverboy?«
»Nein.«
»Wo dann?«
»Ich habe mich mit Mama Zep unterhalten.«
Sie sah mich mit angsterfülltem Blick an, griff nach meiner Hand und begann zu weinen.
»Was ist denn los, Mom? Sag, was quält dich?«
»Mit dieser *Ziege*!«
»Mom, was ist?«
Sie vergrub ihr Gesicht im Kissen.
»Mom?«
Ersticktes Weinen.
»Was ist denn, Mom?«
Sie richtete sich auf.
»Hör zu, Connie. Folg dem Rat deiner Mutter! Wenn sie dir unbedingt was sagen muß, meinetwegen! Ich kann sie nicht daran hindern. Aber merk dir, sie erzählt dir Geschichten, nichts als Geschichten. Über Gefühle kann sie ja nichts sagen!«
»Ist da ein Unterschied?«
»Das weiß ich auch nicht mehr«, sagte Mom. »Es war immer ein Schutz für mich, es so zu sehen.«

»Sie steuert wahrscheinlich auf eine Nervenkrise zu«, sagte Dad, als ich in die Küche kam. Er stand an der Spüle und wusch das Geschirr ab. »Ivy Tallis findet das auch. Mom ist ganz einfach völlig fertig, und ich kann ihr nicht helfen, weil ich nicht weiß, was sie hat.«
»Papa, hast du jemals von einer Petra Gerda gehört?« fragte ich, als ich mich hinsetzte.
»Petra Gerda? Nein. Warum?«
»Ach, nur so.«
»Wer ist das?«
»Ist egal. Soviel ich weiß, soll diese Petra Gerda früher in dieser Straße gewohnt haben…«
»Das muß dann vor meiner Zeit gewesen sein! Ich bin erst hierhergezogen, als ich deine Mutter heiratete. Aber das weißt du doch! Frag doch Mom, sie weiß darüber Bescheid!«
»Ja, vermutlich«, erwiderte ich.
»Aber warum fragst du? Ist es denn so wichtig?«
»Nein, wahrscheinlich nicht!«
»Nun, ich werde einen Arzt rufen, ob es deiner Mutter nun paßt oder nicht! Ich kann diesen Zirkus nicht mehr brauchen, hab auch so schon genug Sorgen! Wegen deiner Mutter war ich heute nicht arbeiten und werd wohl heute abend auch nicht bei Dicky Tallis schwofen können!«
»Klar, kannst du! Ich bleib zu Hause und kümmere mich um sie.«
Er lächelte.
»Bist ein braver Junge, Con«, sagte er.
»Jetzt glaub ich's dann bald selber!«

In dieser Nacht nahm ich mir wieder meinen Drachenkopf vor.
Als ich in meinem Zimmer saß, strömte mir nachtgeschwängerter Humusgeruch durchs offene Fenster entgegen und vermischte sich mit den Rock 'n' Roll-Klängen aus Dicky Tallis' Wohnung.

Der augenlose Drachenkopf starrte mich an.
»Willst du sehend werden?« fragte ich ihn und kramte in meiner Schublade nach etwas, aus dem ich ihm Augen machen könnte.
Am frühen Abend war der Arzt dagewesen und hatte Mom ein paar Schlaftabletten gegeben. Seitdem war sie in einem komaähnlichen Zustand. Der Arzt hatte gesagt, daß sie über ihre Sorgen hinwegschlafen und als neuer Mensch erwachen würde. Ich war davon nicht so überzeugt, denn bei meiner Seelenpein hatte Schlaf noch nie geholfen. Im Gegenteil, er bereitete mir zusätzliche Qualen, von denen ich mir in wachem Zustand nicht hätte träumen lassen.
Als ich so dasaß, vermischte sich der Geruch der Blumen mit der Erinnerung an Mama Zeps Geschichte. Die verschiedenen Bilder, die sie mir vermittelt hatte, schwebten noch vor meinem inneren Auge, flogen dann wie lebendige Funken aus meinem Kopf, umschwirrten auch den Drachenkopf und stellten so eine elektrische Verbindung zwischen uns her. Ich sah Jessica Silvers weißes Haar, erlebte Gabriels Selbstmord, erblickte Haar, das die Farbe von Blut annahm, die geronnene Milch, die zerbrochenen Tassen, den gespenstischen Staub und einen hilflosen Säugling, den sein Vater aus dem offenen Fenster herabbaumeln ließ. All diese Bilder wirbelten wie die Teile eines Puzzles in meinem Kopf herum und warteten auf ihre Lösung. Diese Geschichten wurden für mich durch Zeppelina Blacks Stimme lebendig. Zeppelina war ebenfalls ein Teil der Geschichte, die sie in gewisser Weise verkörperte. Sie war ihr Mittelpunkt; das Auge des tosenden Wirbelsturms, wenn man so will.
Ich hatte noch immer nichts gefunden, was ich als Augen verwenden konnte.
»Immer noch blind!« sagte ich zur Maske.
Dann stand ich auf. Ich rieb mir die Hände und warf einen Blick in Moms Schlafzimmer, um mich zu vergewissern, daß sie ruhig schlief.

Das Zimmer war dunkel und roch nach Schlaf. Vor dieser Nacht war es mir noch gar nicht bewußt geworden, daß Schlaf einen bestimmten Geruch hat, was aber wirklich stimmte: und zwar einen schweren, süßlichen, klebrigen, beinahe hypnotischen Geruch, dem des Todes nicht unähnlich.
Ich zog die Tür halb zu und ging zu ihrem Bett hinüber. Mom lutschte an ihrem Daumen. Ein Anflug von Lächeln lag auf ihren Lippen. Sie sah friedlich aus. Was träumte sie? Welche Träume mochten in ihrem Gehirn wüten, während ihr Schlaf sein süßes Aroma ausströmte?
Neben dem Bett stand ihr Nachtkästchen. Ich berührte die Schublade, in der der Schlüssel versteckt gewesen war. Ich hatte ihn immer noch, spürte sein Gewicht in meiner Hosentasche. Was war sonst noch in der Schublade? Wo das eine Geheimnis verborgen gewesen war, gab es da noch weitere?
Ich sah Mom an.
Schlaf. Tiefer Schlaf. Endlos.
Ich öffnete leise die Schublade: Spitzentaschentücher, gepreßte Blumen, leere Parfumflaschen und ein Brief. Ein alter Brief.
Ich nahm ihn heraus und schloß die Schublade.
Dann ging ich auf den Zehenspitzen in mein Zimmer zurück.
Der Brief war nur »An meinen schwergeprüften Liebling« adressiert. Ich schaute hinein:
Ein Schwarzweißfoto. Quadratisch. Ungefähr zwanzig Jahre alt, wenn man nach der Mode ging. Auf dem Foto: drei Mädchen. Drei Mädchen, die vor einem Haus stehen. Was mir auffiel, war, daß zwei der abgebildeten Dinge sich trotz der langen Zeit nicht verändert hatten: meine Mom – die damals genauso aussah wie heute – und das Haus. Die drei Mädchen standen nämlich vor Judge Martins Haus. Ich schaute mir das Bild genauer an: Hinter einer Fensterscheibe starrte einem noch ein Gesicht entgegen; das Ge-

sicht eines Jungen im Teenageralter, das durch das Glas so verschwommen wirkte wie eine Geistererscheinung. Ein Gesicht! Ein Gesicht!
Ich fühlte, wie mein Herz zu schlagen begann.
Du lieber Gott, dachte ich, das Gesicht kenne ich doch! Ich weiß doch, wer das ist! Obwohl ich es nie zuvor gesehen hatte, wußte ich, wer es war: Judge Martin.
Der junge Judge Martin.
Der junge Judge Martin, bevor er zum Teufel wurde!
Die drei Mädchen standen vor seinem Haus und hielten sich lächelnd an den Händen. Die eine davon war Mom, die andere mußte Rachel sein, Judge Martins zukünftige Frau, die im Kindbett starb, und die dritte war dann Petra Gerda.
Das ist die Geschichte von drei Mädchen, hatte Mama Zep gesagt. Hier waren sie also miteinander abgebildet. Aber ihre Geschichte hat sie mir noch nicht erzählt, nur die von Judge Martins Geburt und Kindheit.
Ich drehte das Foto um. Auf der Rückseite waren vier Namenszüge: Rachel Sims, Faith Niven, Petra Gerda und Judge Martin. Und dann, in Blockschrift: FÜR IMMER VEREINT.
Für immer vereint?
Wie lange währte aber dieses FÜR IMMER? Auf dem Foto vielleicht ewig, aber gewiß nicht im wirklichen Leben: der eine nahm sich das Leben, die andere starb bei der Geburt ihres Kindes, die dritte mußte ihren Haß ausschlafen, und die vierte... ja, die vierte...
Petra Gerda. Was war wohl aus ihr geworden? Welche Rolle hatte sie in dieser Geschichte gespielt? In der Geschichte von den drei Mädchen, in der die eine stirbt, die andere schläft und die dritte einfach verschwindet.
Ich steckte das Foto wieder in den Umschlag zurück und zog den Brief heraus: handgeschrieben. Schwarze Tinte auf rosa Papier. Das Papier duftete immer noch nach Parfum. Ein paar Dinge sind wohl doch von Dauer...

Mein schwergeprüfter Liebling,
ich weiß nicht, was ich sonst noch sagen könnte, wo doch schon alles gesagt ist. Uns bleibt aber noch eine Chance. Ich werde dich dort rausholen!
Du hast die Kraft wegzugehen, ich gebe dir diese Kraft! Hier hält dich doch nichts mehr fest! Um deines Glückes willen, geh mit mir! Wenn du hier bleibst, wirst du verrückt werden! Ich weiß es! Ich weiß es, weil ich dich liebe…

Ich ließ mich aufs Bett fallen.
Was bedeutete all das? Ich fühlte mich in einer Geschichte gefangen, die sich jemand anderes zusammengereimt und die überhaupt nichts mit mir zu tun hatte. Sie ging mich nichts an, und doch…
»Mein schwergeprüfter Liebling!« Ein Brief an meine Mutter? Vor zwanzig Jahren war meine Mutter ein »schwergeprüfter Liebling« gewesen!
So glaub es doch! sagte der Drache. So glaub es doch!
Dies ist die Geschichte von drei Mädchen.
Meine Mutter hatte Petra Gerda geliebt. War es das? Löste das alle Rätsel? Würde mich dieses Wissen ins Auge des Wirbelsturms bringen, zusammen mit Mama Zep, der schwarzen Rose?

Als ich dort lag, träumte ich, daß ich auf dem Rücken eines fliegenden Drachen ritte. Während des Flugs fegte der Wind Schuppen vom Rücken des Drachen. Die grünen Schuppen, so groß wie Austernschalen, verwandelten sich in grüne Funken, die uns wie kleine Kometen folgten.
»Jeder Funken ist eine Geschichte«, sagte der Drache.
»Wohin fliegen wir?« fragte ich.
»Ins Auge des Wirbelsturms, zum Geschichtenerzähler!«
»Ich will aber nicht!« schrie ich verzweifelt.
»Warum nicht?« fragte der Drache.
»Ich habe Angst!« rief ich.

»Du brauchst dich nicht zu fürchten!« tröstete mich der Drache. »Nicht nötig! Wenn du erst einmal den Zauberkreis im Auge des Sturms erreicht hast, kann dir nichts mehr geschehen.«
Ich kroch nach vorne zum Hals des Drachen und schaute ihm in die Augen. Aber nur die riesigen, schwarzen Augenhöhlen starrten mich blicklos an.
»Du hast ja gar keine Augen!« schrie ich. »Wie willst du denn das Auge des Sturms finden, wenn du selber gar nicht sehen kannst?«
»Dummer Junge, das ist doch gerade meine Stärke!« flüsterte der Drache mit schnarrender Stimme.
So flogen wir durch den Zyklon hindurch auf die Mitte des Wirbels zu. Allmählich ließ der Wind nach und verschwand, als wir uns dann in einem großen, weißen Raum befanden. In der Mitte stand ein schwarzer Stuhl, auf dem jemand mit dem Rücken zu uns saß.
»Los, sprich mit dem Geschichtenerzähler!« sagte der Drache. »Verrat ihm all deine Geheimnisse!«
Ich kletterte vom Drachen herunter und ging zu dem schwarzen Stuhl hinüber.
Der junge Judge Martin saß darauf: das schöne Gesicht mit den pechschwarzen Augen und den dünnen schwarzen Augenbrauen war ganz weiß, das streng zurückgekämmte, schwarze Haar glänzte.
»Nun hör mir mal gut zu!« sagte der junge Judge Martin.
»Ja«, antwortete ich nur.
»Es war einmal eine Glückshaube…«, begann er und nahm seine Gesichtsmaske ab. Darunter kam der alte Judge Martin zum Vorschein. »Diese Glückshaube war ein Gesicht.« Wieder zog er eine Maske ab, und darunter war nun das nach Fisch riechende Überbleibsel der Glückshaube, das mir Mama Zep gezeigt hatte. »Dieses Gesicht war eine Maske«, sagte er.
Ich stand schweigend da.
»Ja?« fragte er.

»Ja«, erwiderte ich.
»Nimm meine Maske herunter!« befahl er mir.
»Nein!«
»Warum nicht!«
»Ich habe Angst!«
»Nicht nötig! Nimm schon die Maske herunter!«
Ich riß die Glückshaube herunter, die in meiner Hand Feuer fing. Winzige Funken weißen Lichts flogen in alle Richtungen.
Unter dieser letzten Maske war mein eigenes Gesicht.
»Ich bin der Märchenerzähler«, sagte mein Gesicht.

»Connie! Connie!« Jemand klopfte an die Tür, und ich hörte Angela, die meinen Namen rief: »Connie, mach endlich auf!« Dann wieder Klopfen: »Connie!«
»Ich komm ja schon!« rief ich.
Ich rannte hinunter und öffnete die Tür.
»Was ist denn passiert?«
»Eine Schlägerei! Loverboy hat mich hergeschickt!«
»Wie, Loverboy ist in eine Schlägerei verwickelt?«
»Nein. Doch nicht Loverboy! Sein Vater und dein Vater haben sich geprügelt, aber frag mich nicht, weshalb!«
»Ich bin gleich da!« sagte ich.
Wir rannten zusammen die Straße entlang.
»Ich glaube, dein Dad hat sich das Nasenbein gebrochen!«
»Wenn's weiter nichts ist!«
»Nein, ich glaube nicht! Bei Dicky wackeln ein paar Zähne, und er hat ein blaues Auge!«
»Aber mein Dad hat sich noch nie mit jemand geprügelt!«
»Ich weiß! Auch Dicky nicht!«
»Die beiden sind doch dicke Freunde!«
»Nun, das weiß ich auch!«
»Was ist denn plötzlich in sie gefahren?«
Als wir um die Ecke bogen, sah ich Dad auf dem Rinnstein sitzen. Er hielt ein Taschentuch an seine blutige Nase ge-

preßt. Um ihn herum hatten sich ein paar Leute angesammelt. Ungefähr drei Meter weiter stand eine andere Gruppe mit Dicky Tallis in ihrer Mitte. Ivy Tallis befand sich allein zwischen den beiden Gruppen.
»Kannst du dir das vorstellen?« rief sie, als sie mich sah. »Zwei erwachsene Männer in ziemlich fortgeschrittenem Alter! Ist schon schlimm genug, daß sie ihre verdammten Rock 'n' Roll-Klamotten anziehen, als ob sie noch Teenager wären! Aber jetzt dieser alberne Zirkus! So etwas ist mir noch nie vorgekommen! Du solltest dich schämen, Richard Tallis!« Ein paar Frauen scharten sich um sie. Strafend blickte sie zu ihrem Mann hinüber und meinte: »So eine Schande! Am liebsten würde ich vor Scham im Boden versinken!«
»Reg dich doch nicht auf!« sagte eine der Nachbarinnen.
»Ist's ein Wunder? Mein eigener Mann benimmt sich wie ein kleines Kind! Ich würde am liebsten Schluß machen! Bestimmt bin ich heute nacht um Jahrzehnte gealtert! Hast du mich verstanden, Richard Tallis?«
»Halt die Klappe, Frau!« brüllte der.
Die Frauen seufzten mitleidsvoll.
»Seht ihr!« rief Ivy Tallis.
»Ist alles in Ordnung?« fragte ich Dad.
»Ja«, sagte er ruppig. »Laß mich in Ruhe!« Dann: »Ich kann so nicht nach Hause. Deine Mutter...«
»Sie schläft den Schlaf des Gerechten!«
Er nickte.
»Was ist denn passiert?« fragte ich.
»Er hat angefangen!« brummte Dad. »Seine Schuld!«
»Lügner!« schrie Dicky Tallis.
»Du bist der verdammte Lügner!« schrie mein Vater und sprang auf. Es kam zum Tumult, als wir versuchten, die beiden Männer auseinanderzuhalten.
»Komm, geh nach Hause!« sagte ich zu Dad.
»Aber...!«
»Mom schläft. Komm, geh jetzt! Es ist das beste!«

Er nickte und trollte sich.
Nach und nach zerstreute sich auch die Menge.
Als ich mit Angela unschlüssig herumstand, kam Loverboy zu uns herüber.
»Was um Himmels willen ist denn passiert?« fragte ich.
»Keine Ahnung! Vorhin war noch alles in Butter. Unsere Alten haben wie immer Rock 'n' Roll und so geschwoft, und dann war plötzlich der Teufel los!«
»Erwachsene Männer!« rief Angela.
»Die kleine Jungen geblieben sind!« sagte Loverboy.
»Eher Monster!« erwiderte Angela.
»Oder Teufel!« fügte ich hinzu.
»Die Besessenen!« sagte Loverboy und kicherte.
Wir sagten uns gute Nacht und gingen unserer Wege.

In der Küche wusch sich Dad gerade sein Gesicht.
»So ein Saukerl!« sagte er.
»Vater…!«
»Er ist es wirklich!«
»Also, wenn du mich nicht mehr brauchst…«
»Nein, alles in Butter! Wäre doch gelacht, wenn ich nicht mit einem Typ wie Dicky Tallis fertig würde! Wenn sie mich nicht weggezogen hätten, hätte ich ihn glatt umgebracht! Das war auch wirklich nötig! Ich meine, mich wegzuziehen! Mit Gewalt mußten sie mich von dem Saukerl wegziehen und bitten und betteln, damit ich ihn losließ. Fünf Männer waren nötig, um mich festzuhalten! Das hättest du sehen sollen, mein Junge! Du wärst auf deinen alten Herrn stolz gewesen!«
»Klar!« entgegnete ich. »Also, gute Nacht!«
»Hoffentlich bist du dir bewußt, daß dies das Ende unserer Freundschaft mit Tallis' Anhang ist«, sagte er, während er sich das Gesicht mit einem Handtuch abtrocknete. Er schien neue Kraft gewonnen zu haben und kam mir irgendwie jünger vor.
»Wie bitte?«

»Es ist aus!« sagte er mit Nachdruck. »Ich werde es in Zukunft nicht mehr dulden, daß deine Mutter mit Ivy spricht und daß du noch mit Loverboy verkehrst!«
»Aber Papa!«
»Es ist mir ernst damit, Con!«
»Ich verstehe aber nicht...«
»Man hat mich in diesem Haus zutiefst beleidigt und die Ehre unserer Familie verletzt. Verstehst du, wirklich verletzt! Und jetzt ist der Ofen endgültig aus!«
»Aber Ivy und Tal haben doch nichts getan!«
»Sie sind seine Frau und sein Sohn!«
»Aber sie haben dir doch überhaupt nichts getan!«
»Das gleiche Gesindel!«
»Warum denn?«
»Weil der Apfel nicht weit vom Stamm fällt! Sie sind auf seiner Seite und ergreifen Partei gegen mich! Du wirst schon noch sehen!«
»Aber Papa...!«
»Ich habe nichts mehr dazu zu sagen!«
»Papa...!«
»Geh jetzt ins Bett!«
»Ich werde auch weiterhin mit Loverboy sprechen!«
»Junger Mann, du tust, was ich sage!«
»Du bist doch wirklich zu albern!«
»Was hast du da gesagt?«
»Du bist albern!« wiederholte ich.
»Verschwinde jetzt, bevor ich dich wie Dicky Tallis verdresche!«
Ich starrte meinen Dad entgeistert an. Ein Fremder stand vor mir. Einer, den ich nicht mehr begriff.
Ich ging hinauf.
»Es ist mir ernst damit!« rief er hinter mir her. »Es ist aus und vorbei!«
»Nichts ist jemals ganz vorbei!« murmelte ich vor mich hin, als ich in mein Zimmer trat. Ich berührte den Drachenkopf. »Oder?« fragte ich ihn.

7. Kapitel

Ein anderer meiner wiederkehrenden Träume:
Ich war in einem schwarzen Raum eingeschlossen. Aus irgendeinem Grund wußte ich, daß er weiß gestrichen werden mußte und daß ich erst dann in Sicherheit wäre, wenn die Wände in einem makellosen Weiß aufleuchteten.
Draußen vor dem Zimmer hörte ich Stimmen. Sie wollten mir Geschichten erzählen, die ich aber nicht richtig verstand, weil die Wände schwarz waren.
»Helft mir!« rief ich verzweifelt. »So helft mir doch!«
Plötzlich gewahrte ich in einer Ecke des Raums einen Lichtschimmer, auf den ich mich stürzte.
Ich fiel aus dem schwarzen Zimmer heraus in ein weißes.
In der Ecke stand ein Fernseher. Ich setzte mich davor und stellte ihn an.
Ein Gesicht erschien auf dem Bildschirm.
»Was willst du?« fragte es mich.
»Eine Geschichte!« erwiderte ich.
»Wie sehe ich aus?«
»Schwarzes Haar, dunkle Augen, ein weißes Gesicht: schön, herrlich, magisch!«
»Kennst du mich?« fragte es.
»Nein«, sagte ich, »noch nicht!«
»Genau. Noch nicht, aber demnächst!«
»Ja.«
»Was deine Geschichte anbetrifft...«
An dieser Stelle wachte ich immer schreiend auf.

8. Kapitel

Ich war im Laden und unterhielt mich gerade mit Loverboy über unsere Eltern, als eine Frau hereinkam, die wir nicht kannten. Ihr langes, schwarzes Haar hatte eine graue Strähne an jeder Schläfe. Sie trug einen leuchtend roten Kimono und Sandalen.

»Hallo, Jungs!« sagte sie mit ungezwungener, lautstarker Stimme.

Sie verfügte offenbar über ein unerschütterliches Selbstvertrauen. Wir nickten nur.

»Du meine Güte, was für ein hübscher Laden! Ich habe noch nie so viel Konservendosen auf einem Fleck gesehen! Tja, ich bin schon seit Jahren nicht mehr hiergewesen! Als kleine Göre war ich zum letzten Mal hier!« Sie lachte. »Ich brauche ein paar Sachen. Wer bedient mich – oder habe ich vielleicht so großes Schwein und ihr bedient mich beide?«

»Ich bediene hier«, sagte Loverboy.

»Was ist denn mit deinem Auge passiert?« fragte sie ungeniert. Wir starrten sie entgeistert an. Noch nie war Loverboy so direkt auf sein fehlendes Auge hin angesprochen worden.

»Ich hab's verloren«, antwortete Loverboy.

»Bist du aber unvorsichtig! Wie hast du denn das geschafft?«

»Ich hab's ihm ausgestochen!« warf ich dazwischen.

»Ehrlich?«

»Mit einer Gabel«, fügte ich hinzu.

»Es war ein Unfall!« erklärte Tal.

»Klar!« sagte sie. »Liefert ihr auch aus?«

»Wie bitte?«

»Liefert ihr auch aus? Ich brauche die Sachen dringend, kann sie aber jetzt nicht mitnehmen. Könnt ihr sie später vorbeibringen?«

»Äh, nein«, antwortete Tal, »wir...«
»Gut, war nur eine Frage. Dann komme ich später zurück. Wie heißt du, mein Engel?«
»Loverboy.«
»Bist ja ein dufter Typ, Loverboy! Ehrlich. Die schwarze Augenklappe steht dir gut! Du solltest deinem Freund dankbar sein!« Dann schaute sie mich an und fragte: »Wer bist denn du?«
»Concord Webster.«
»Webster«, sagte sie leise. »Ja, ja, Concord. Ich bin...«
»Helen Martin«, sagte ich. »Die Schwester von Judge Martin.«
»Stimmt. Was für ein schlauer Bursche du doch bist, Concord Webster!«
Ich lächelte. »Wann ist das Begräbnis?« fragte ich.
»Morgen. Würde mich freuen, wenn du kommst!«
»Wenn Sie wollen, bringe ich Ihnen die Sachen vorbei«, sagte ich, »es liegt bei mir auf dem Weg.«
»Ja, prima! Wie nennen dich denn deine Freunde? Doch nicht immer ›Concord‹?«
»Nein, Connie!« erwiderte ich.
»Also, Connie, und aus ›Loverboy‹ wird was?«
»Tal«, sagte er. »Von meinem Familiennamen, Tallis.«
»Connie und Tal, sehr schön!« sagte sie und gab Loverboy ihre Einkaufsliste. »Geht es in Ordnung, wenn ich die Sachen erst beim Empfang bezahle?«
»Nun...«, begann Loverboy zögernd.
Aber ich unterbrach ihn.
»Ja«, sagte ich.
»Sag mal, Connie, warst du es eigentlich, der meinen Bruder entdeckt hat? Zusammen mit Mama Zep?«
»Ja.«
»Dachte ich mir's doch! Muß ja ein schwerer Schock für dich gewesen sein!«
»Nicht wirklich«, erwiderte ich.
»Mama Zep hat mir erzählt, daß du dich erbrochen hast!«

»Wegen des Geruchs!«
»O ja, der Geruch! Er ist immer noch da. Ich habe das ganze Haus von oben bis unten geschrubbt und werde es nun neu anstreichen. Aber der Gruftgeruch wird bleiben.« Sie sah mich an und lächelte: »Bist du der Sohn von Faith Niven?«
»Ja, warum?« erwiderte ich. »Kennen Sie meine Mutter?«
»Nein, nicht direkt.«
Als sie sich zum Gehen wandte, rief ich ihr nach: »Kommt... kommt auch Judge Martins Sohn zur Beerdigung?«
»Vielleicht«, sagte sie, »vielleicht aber auch nicht!«
»Ist er schon im Haus?«
»Nein, noch nicht.«
»Aber er kommt vielleicht?«
»Vielleicht, vielleicht auch nicht.«
»Wie heißt er?«
»Aber Connie«, sagte sie, »das hieße ja, ihn verraten!«

»Rat mal, wen ich heut kennengelernt hab?« sagte ich zu Mom. Sie war nun aufgestanden und sah im Wohnzimmer fern.
»Wen?« fragte sie.
»Helen Martin, Judge Martins Schwester.« Gespannt betrachtete ich ihr Gesicht. Ich verspürte einen bisher unbekannten Drang in mir, Mom zu quälen. Sie hatte Geheimnisse, in ihrer Vergangenheit hatte sich etwas zugetragen, was sie mir verschwieg. Es war beinahe, als ob ich ihr verübelte, daß sie schon gelebt hatte, bevor ich geboren wurde. Beinahe so, als ob sie mich betrogen, getäuscht, nicht genug geliebt hätte! Also warf ich ihr spitze Bemerkungen hin, die sich wie winzige Angelhaken in ihrem Bewußtsein festhakten. Ich wollte sie leiden lassen, weil sie sich erdreistete, anders zu sein, als ich mir gedacht hatte!
»Hast du mich verstanden?« fragte ich sie noch einmal.
»Ja«, antwortete sie und zündete sich eine Zigarette an.
»Helen Martin!«
»Ich hab gesagt, daß ich dich verstanden habe!«

»Kennst du sie?«
»Nein.«
»Auch nicht von früher?«
»Nein. Auch nicht von früher!«
»Aber die...«
»Mensch, dann frag doch deine heißgeliebte Mama Zep, wenn du mir nicht glaubst! Ich kenne Helen Martin nicht. Sie ist älter als ich und war älter als Judge.«
»Judge?«
»Ja, Judge. Der Teufel!«
»Ich geh später bei ihr vorbei!«
»Bei wem?«
»Helen Martin.«
Sie schnippte Asche von ihrer Zigarette und ließ sie auf den Teppich fallen.
»Warum?« fragte sie.
»Ich bring ihr Sachen vorbei, die sie bei Loverboy gekauft hat.«
»Bist du ihr kleiner Botenjunge, was?«
»Nein, es war meine Idee. Ich fand sie interessant, anders. Wie dem auch sei, ich hab ein paar Fragen an sie. Für mich gibt es noch viele Rätsel zu lösen!«
»Ja, klar!«
»Wie bitte?«
Aber sie sagte nur »hm« und nahm sich eine Zeitschrift.
»Weißt du übrigens, wie Rachels Sohn heißt?« Ich ließ nicht locker. Mom stierte eine Seite in der Illustrierten an, aber ich wußte ganz genau, daß sie nicht las. Die Zigarette baumelte lose zwischen ihren Lippen. Ihr Blick war etwas gequält, und ihre Hände zitterten. Ich hatte sie an einem empfindlichen Punkt getroffen und ging nun aufs Ganze.
»Du weißt schon, Rachel! Rachel Sims«, fuhr ich fort. »Das Mädchen, das Judge Martin geheiratet hat und von ihm einen Sohn bekam, bei dessen Geburt sie gestorben ist!«
»Ja«, sagte Mom leise, »ich weiß!«
»Weißt du auch, wie der Sohn heißt?«

»Ja.« Ich bemerkte, daß ihr Tränen über die Wangen herabliefen.
»Rachels Sohn!« wiederholte ich.
»Ach, Rachel... Rachel...!« Plötzlich schluchzte Mom hemmungslos hinter vorgehaltenen Händen und wiederholte dabei immer wieder den Namen des Mädchens.
Ich ging hinaus.

Brief und Foto, die ich aus dem Zimmer von Mom entwendet hatte, lagen immer noch auf meinem Bett. Ich schloß die Tür und las den Brief noch einmal durch. War er vielleicht von Rachel? War es das? Waren Rachel und meine Mutter ein Liebespaar gewesen? Hatte meine Mutter Judge Martin deswegen so sehr gehaßt? Weil er ihr die Geliebte wegnahm?
Das ist die Geschichte von drei Mädchen.
Ja, drei.
Welche Rolle hatte Petra Gerda dabei gespielt?
Unten hörte ich das Telefon klingeln. Offensichtlich war Mom immer noch zu aufgewühlt, um den Hörer abzuheben. Ich ging also wieder hinunter.
»Hallo!« sagte ich.
»Hallo, Con!« Es war Ivy. »Ist deine Mutter da?«
Ich schaute ins Wohnzimmer und formte Ivys Namen tonlos mit den Lippen. Meine Mutter schüttelte den Kopf.
»Sie schläft«, antwortete ich.
»Ach, das ist ja so albern!« fuhr Ivy fort. »Ich meine, diese Geschichte zwischen Ronnie und Dicky. Kannst du dir vorstellen, daß mir Dicky verboten – ich wiederhole, *verboten* – hat, jemals wieder mit deiner Mutter zu sprechen? Ich kann's einfach nicht fassen! Erwachsene Männer! Ich finde, wir Frauen müßten uns zusammentun und diese beiden Dickschädel wieder zur Vernunft bringen. Wir müssen sie unbedingt wieder miteinander aussöhnen.«
»Ja.«

»Es sind doch schließlich erwachsene Männer. Aber da sieht man's wieder: Männer werden nie erwachsen! Ist Loverboy bei dir?«
»Nein.«
»Dann muß er noch im Laden sein!«
»Ja, bestimmt«, erwiderte ich.
»Grüß mir deine Mom schön!«
»Ja«, sagte ich und legte den Hörer auf.
Ich pochte an die Tür. Sie war grün wie alle anderen, außer daß die Farbe schon etwas abgeblättert war, wie ausgetrocknete Haut, die das lachsfarbene Fleisch darunter erkennen läßt. Helen öffnete die Tür und lächelte.
»Concord Webster, du bist ein Engel!«
»Hier sind Ihre Sachen!«
»Gott segne dich! Komm doch herein!«
Sie schloß die Tür hinter mir.
»Wie riecht's?«
»Gut!«
»Besser, wie? Komm doch herein! Ich mache uns Tee.«
Wir gingen in die Küche, und sie setzte Wasser auf. Helen Martin hatte wirklich erstaunliche Arbeit geleistet und das Haus von oben bis unten aufgeräumt und geputzt. Es war jetzt so gut wie leer. Die alten, kaputten Möbel waren entfernt worden, und überall standen Eimer mit Seifenlauge herum.
»Was für ein sympathischer Junge doch dieser Loverboy Tallis ist!« sagte sie.
»O ja« stimmte ich ihr zu, »er ist mein bester Freund.«
»Er ist sehr nett! Dann hast du ihm also das Auge ausgestochen, wie?«
»Ein Unfall, der vor vielen Jahren passiert ist, als wir noch Kinder waren.«
»Wie denn?«
»Wir waren auf einer Geburtstagsparty. Bei seiner, glaube ich. Saßen um den Tisch herum und haben uns angebrüllt. Dann holte ich nach Loverboy aus. Nur hielt ich dabei eine

Gabel in der Hand. Was mir erst bewußt wurde, als ich damit sein Auge aufgespießt hatte.«

»Sein Auge hat dich wohl gestört, daß du es ausgerissen hast?«

»Unabsichtlich«, sagte ich.

»Aber klar! Wir wagen nicht, uns auszumalen, was wäre, wenn die Kinder so etwas absichtlich tun würden und ungestraft davonkämen. Denk doch nur! Es wäre das Schlimmste, was einem widerfahren könnte, wie?«

»Was denn?«

»Ein Verbrechen zu begehen und dann ungestraft davonzukommen! Denk doch mal einen Augenblick darüber nach, welch ungeheure Schuld dabei entsteht!«

»Ja«, sagte ich.

»Nimm das Zeug von dem Stuhl herunter und setz dich!«

Wir nahmen am Tisch Platz.

»Hier hat sich nicht viel verändert, seit ich weggegangen bin«, sagte sie. »Wirklich nicht! Sogar die Leute sehen immer noch gleich aus. Wenigstens sind es die gleichen Typen.«

»Waren Sie seitdem nie mehr hier?«

»Kein einziges Mal!«

»Aber warum nicht?«

»Nie das Bedürfnis gehabt!«

»Nicht einmal, um Ihren Bruder zu besuchen? Nicht einmal, als …«

»Nein. Ich war nicht besonders vertraut mit ihm. Hatte keinen Draht zu ihm. Und als er dann älter wurde, lebte er ziemlich zurückgezogen, während ich viel herumreiste. Schließlich hatte ich ja meine Arbeit!«

»Sind Sie bei seiner Hochzeit gewesen?«

»Ich glaube, damals war ich in Amerika.«

»Was tun Sie denn, daß Sie so viel reisen müssen?«

»Ich bin Bildhauerin.«

»Eine Künstlerin also!«

»Das würde ich nun nicht gerade behaupten. Wie magst du deinen Tee?«

»Mit viel Milch und Zucker.«
»Ach, du bist ein ganz Süßer!«
Sie schenkte mir eine Tasse ein.
»Dann haben Sie Rachel also gar nicht gekannt?«
»Nein, obwohl ich natürlich einiges über sie erfahren habe.«
»Was denn?«
»Geschichten.«
»Was für Geschichten?«
»Ich bin nicht hierhergekommen, um Altweibergeschichten weiterzutratschen. Alles ist vor langer Zeit passiert und geht uns jetzt nichts mehr an!« Ich blickte sie unverwandt an. Das Licht, das durchs Fenster fiel, blendete mich. Ich blinzelte. Sterne tanzten mir vor den Augen.
»Wissen Sie, es ist schon sehr merkwürdig«, sagte ich. »Seit Judge Martins Tod hat sich hier alles völlig verändert. Wahrscheinlich ist früher etwas passiert, was die Leute... verändert hat. Verstehen Sie, was ich meine?«
»Ja«, sagte sie.
»Ich bin gewissermaßen der Letzte, an dem sich die Auswirkungen dieses Ereignisses brechen. Deshalb muß ich es herausbekommen, und das kann ich nur im Gespräch.«
Sie schwieg eine Zeitlang, schlürfte ihren Tee und spielte mit ihrer Halskette.
»Aber ich bin nicht die Person, die dir etwas erzählen könnte«, meinte sie schließlich. »Es ist ja nicht meine Geschichte. Später hätte sie das vielleicht werden können. Aber soweit sie dich betrifft, hat sie mit mir nichts zu tun.«
»Grundsätzlich geht sie mich aber etwas an?«
»Wenn du so willst, ja.«
»Das ist auch Mama Zeps Meinung.«
»Es gibt nicht viel, was sie nicht weiß. Und was sie nicht weiß, erfindet sie.«
»Wie?«
»Sei unbesorgt«, meinte sie, »das macht die Sache nicht unwahrer!«
Nach einer Weile stand ich auf.

»Ich muß jetzt gehen«, sagte ich.
»Verstehe. Komm bald wieder!«
»Klar!«
Sie begleitete mich zur Tür.
»Was für eine schreckliche Farbe!« sagte sie. »Wenn Crom kommt, muß ich ihn unbedingt dazu bringen, sie zu ändern!«
»Wenn wer kommt?«
»Wie ich jetzt erst erfahren habe, wird er bei der Beerdigung dabeisein.«
»Der Sohn?«
»Ja.«
»Wie heißt er?«
»Cromwell«, sagte sie. »Cromwell Martin.«
Am nächsten Morgen wachte ich vom Lärm auf der Straße auf. Autotüren wurden zugeknallt. Ich blickte zum Fenster hinaus.
Der Leichenzug brach gerade auf. Er bestand nur aus zwei Autos: dem Leichenwagen mit dem Sarg und einem Wagen, der folgte. Jemand hatte darin schon Platz genommen: ein halbwüchsiger Junge. Als ich ihn betrachtete, blickte er durchs Wagenfenster zu mir hoch. Er glich dem jungen Judge Martin auf dem Foto, das ich meiner Mutter weggenommen hatte.
Helen Martin kam aus dem Haus und setzte sich zu dem Jungen in den Wagen.
Als dieser anfuhr, kurbelte der Junge das Fenster herunter und streckte die Hand aus: Ein Vogel ließ sich darauf nieder und wurde in den Wagen hereingeholt.
Das Fenster schloß sich wieder, und das Auto fuhr davon.
Ich hatte Cromwell Martin gesehen.
Ich setzte mich aufs Bett und sah das Foto an. Die beiden glichen sich aufs Haar: der Junge am Fenster und der Junge im Wagen. Für mich stand fest, daß ich den einen wie den anderen liebte. Ich hoffte nur, daß man den jüngeren retten konnte.

Dritter Teil

Banne das Blut auf der Klinge!

9. Kapitel

»Ja, ich bin wohl eine alte Hexe«, sagte Mama Zep. »Wenigstens rufen mir das die Leute nach, wenn ich die Straße hinuntergehe. Meistens die Männer. ›Alte Hexe!‹ rufen sie hinter mir her. ›Verdammte alte Hexe!‹ Weißt du, für mich ist das nur ein Kompliment. Mein Leben lang wollte ich diesen Zustand erreichen, der eigentlich für alle erstrebenswert sein sollte. Was ist überhaupt eine alte Hexe? Doch in erster Linie eine weise Person, die ihren Verstand gebraucht, alles gesehen hat, alles getan hat, alles Wissenswerte weiß und nun in einem Schaukelstuhl sitzt und darüber nachdenkt. Der Schaukelstuhl ist wichtig dabei. Das Hinundherschaukeln. Schaukeln und nachdenken. Nachdenken und schaukeln. Tick-tack, tick-tack.
Darum sind auch die alten Weiber so gefürchtet: weil sie zuviel wissen, was besonders die Männer abschreckt, von denen sie früher als Hexen auf dem Scheiterhaufen verbrannt wurden. Ach ja, vor ein paar hundert Jahren wäre ich sicher auf dem Scheiterhaufen gelandet. Du fragst, weshalb? Eben weil ich ein altes Weib bin! Ja, die Männer wollen die alten Weiber zugrunde richten: die weisen Frauen, von denen sie durchschaut werden, als ob sie aus Glas wären. Vor vielen Jahren konnten sie uns noch ganz legal aus dem Weg räumen. Heute nicht mehr, so daß sie es auf andere Weise versuchen. Was sie tun? Sie schreien ›Alte Hexe‹ hinter mir her. Weil sie mich nicht mehr zu Tode steinigen können, versuchen sie mich mit Worten umzubringen. Ach, nichts als Prügel und Steine!
Ich habe immer gedacht, daß eine Hexe alt sein müsse. Bis mich dann Petra Gerda eines Besseren belehrte. Manche Kinder werden mit dem Geheimwissen geboren. Sie sind von Geburt an alt und weise. Petra Gerda war ein solches Kind, was mir klar wurde, als ich zum ersten Mal mit ihr

sprach. Als ich sie erblickte, wußte ich schon Bescheid und erkannte, was sie in Wirklichkeit war: nämlich eine Hexe. Deswegen fürchteten sich auch die Leute vor ihr. Sie hatten Angst vor ihrer Stärke.«

»Ist sie hier in der Gegend zur Welt gekommen?« fragte ich.

»Nein, das heißt, ein paar Kilometer von hier. Du weißt ja selbst, daß dies hier nur zusammengewürfelte kleine Ortschaften sind. Damals war dies natürlich noch viel extremer, aber auch heute kann man noch etwas davon spüren. Petra Gerda kam also ein paar Kilometer weiter zur Welt, aber in unserer Straße wußte man so wenig über sie, als ob sie auf einem anderen Planeten geboren wäre. Sie wurde die beste Freundin von Rachel Sims. Aber Rachel hatte schon eine beste Freundin.« Mama Zep lächelte mich an. »Rachel war schon von Kindesbeinen an mit jemandem befreundet gewesen...«

Sie wartete.

»Mit Mom!« sagte ich.

»Genau, mit deiner Mutter. Deine Mutter, Connie Webster. Rachel Sims und Faith Niven waren immer zusammen. Sie spielten zusammen, wuchsen miteinander auf, kleideten sich auf dieselbe Weise und lachten über dieselben Dinge. Die beiden waren so schön zusammen anzusehen! Wirklich so wunderschön! Ab und zu machten sie für mich Besorgungen, wenn ich zu krank war, um außer Haus zu gehen. Zur Belohnung zauberte ich ihnen immer Bilder mit meiner Kristallkugel.«

»Was, das kannst du?«

»Früher gelang es mir ohne große Mühe, aber heute fällt es mir nicht mehr so leicht.«

»Und weiter?«

»Nun, Petra Gerda liebte all das. Weißt du, sie war damals schon eine Zauberin.«

»Hatte sie magische Kräfte?«

»Ach, auf eine ganz andere Weise als Judge Martin! Ja, so

etwas wie Magie war vorhanden, aber sie konnte keine Tassen zerbrechen oder Milch gerinnen lassen oder Geister sehen. Nun gut, sie hatte magische Kräfte. Aber in Petra Gerdas Fall war die Magie nicht von ihr losgelöst, sondern ein Teil von ihr oder ihrer Seele. In gewisser Hinsicht verkörperte sie selbst diese Magie.«

»Ich muß dich etwas fragen«, sagte ich und zog den Brief und das Foto aus meiner Tasche. »Das hier habe ich im Schlafzimmer meiner Mutter gefunden. Was hat es zu bedeuten?« Ich reichte ihr Foto und Brief hinüber.

Sie warf einen schnellen Blick auf das Foto, las dann den Brief, nickte und lächelte.

»Ja«, antwortete sie, »das dachte ich mir!«

»Waren Rachel Sims und meine Mutter ein Liebespaar? Haßte sie Judge Martin vielleicht deswegen so sehr, weil er ihr Rachel wegnahm?«

Mama Zep gab mir den Brief zurück und blickte mich forschend an. Sie schaute bekümmert drein.

»Ach, Concord Webster«, sagte sie, »wer kann schon unsere Gefühle enträtseln? Sie können uns zerstören, ohne daß wir es merken. Obwohl ja ein Körnchen Wahrheit in dem steckt, was du über Rachel und deine Mutter gesagt hast!« Sie deutete auf das Foto. »Das ist deine Mutter. Sie hat sich kaum verändert und ist heute immer noch so schön wie damals. Das hier ist Rachel Sims!«

»Dann ist also die da...«, fing ich an.

»Petra«, sagte Mama Zep. »Ja, das ist Petra Gerda.«

»Und durch das Fenster...?«

»Ach, mein schöner Judge Martin! Du siehst, was für ein gutaussehender Junge er war. Ach, seine Augen waren ja so pechschwarz und seine Lippen so rot. Seine Schönheit wirkte gegen ihn. Alles war gegen ihn, schon von Anfang an. Er hatte nie eine Chance!« Sie warf das Foto in meinen Schoß zurück. »Ach, das wird ja so kompliziert! So viele Geschichten, die nebeneinander herlaufen. Woher und wohin?«

»Sprich nur!« forderte ich sie auf.
»Aber es genügt nicht. Es nur zu erzählen wird nicht genügen. Wie könnte ich dir verständlich machen, was nachher passierte, wenn ich dir nicht klarmachen kann, was vorher war. Ich muß versuchen, es dir so zu erzählen, daß du es auch wirklich verstehst. Die Geschichte ist ja so düster, so entsetzlich düster!« Seufzend blickte sie zum Fenster hinaus. »Sieh dir nur all diese Häuser an! Du kennst ihre Bewohner. Lächelst sie an. Sie sagen ›Hallo‹. Aber im Innern... Ach, diese Häuser sind nur Käfige und ihre Bewohner Teufel in Menschengestalt. Nicht mehr! Unter der Oberfläche sind sie falsch wie Schlangen. Weißt du, es bedarf nur eines Schreies. Ein einziger Schrei genügt, damit Gorgo ihr Schlangenhaupt erhebt und die friedlichen Bewohner in einen blutrünstigen Mob verwandelt. Ach, diese Unwissenheit! Gott steh mir bei! Diese sträfliche Unwissenheit!«
Sie ging zum Tisch hinüber und berührte die Kristallkugel.
»Ich bete für ein besseres Ende dieser Geschichte«, fuhr sie fort, »wenn ich zurückgehen und etwas ändern könnte, würde ich es gewiß tun. Sie hätten alle so glücklich werden können! Schließlich gab es keinen Grund für dieses Ende. Es hätte wirklich nicht so kommen müssen! Alles hätte ganz anders sein können...«
»Inwiefern anders?«
»Die Straße müßte sich verändern. Sie ist ein lebendiger Organismus. Unterschätze sie nie! Die Straße lebt, atmet und wacht über ihre Bewohner. Im Sommer glüht und schwitzt das Mauerwerk, im Winter schauert und bebt es. Es gehört zu den Bewohnern, die die Mauern ihrer Straße anbeten. Mauern, die Unwissenheit bedeuten.«
Sie nahm eine Puppe vom Regal und wiegte sie in den Armen. Dann nahm sie mir gegenüber Platz.
»Ich habe dir gesagt, daß dies eine Dreiecksgeschichte sei. Eine Geschichte von drei Mädchen. Aber in Wirklichkeit ist es die Geschichte von drei Mädchen und zwei Männern.

Während sie den einen davon, nämlich Judge, einäschern, will ich dir seine Geschichte erzählen.«
»Die Geschichte vom zauberisch-übersinnlich-teuflischen Judge Martin«, sagte ich.
»Zunächst der Magier, der er auch zweifellos war! Aber wenn wir diese magischen Fähigkeiten unterdrücken, bleibt es nicht aus, daß sie düster werden, verrotten und Monster aus uns machen, wahrscheinlich Monster der Hilflosigkeit.«
»Und so war es mit Judge Martin?«
»Ich glaube schon.« Sie küßte die Puppe. »Ja, dann laß uns beginnen! Es gab einmal einen Jungen namens Steven Feather. Er war wie ein kleiner Vogel. Sehr beweglich, mit Gelenken wie aus Gummi. Judge Martin liebte Steven Feather.«
Mama Zep hielt einen Augenblick lang inne. Ihr lippenloser Mund zuckte.
»Ihre Beziehung war ein Geheimnis«, sagte sie. »Ich hab's erst sehr viel später herausgefunden. Damals hat es Judge Martin nur einer einzigen Person anvertraut. Seiner besten Freundin. Seiner Vertrauten!« Sie blickte mich an.
»Meiner Mom«, flüsterte ich.
»Ja, er hat's Faith Niven, die später deine Mutter wurde, preisgegeben.«
»Meine Mutter und Judge waren miteinander befreundet?«
»Die besten Freunde, die man sich denken kann!«
»Aber Rachel war doch...«
»Nun, vermutlich hat man nicht nur einen ›besten Freund‹. Aber, um es noch einmal zu sagen, so einfach ist das eben nicht: Judge Martin betrachtete Faith als seine beste Freundin, so wie Faith Rachel und Rachel...«
»Die Judge heiraten sollte?«
»Genau. Weißt du, das Dreieck! Schon seit jeher war Rachel dazu bestimmt gewesen, Judge zu heiraten. Schicksal, wenn du so willst! Hier bei uns wird zwar so getan, als ob

keine Ehen im voraus geschmiedet werden, dabei passiert das aber andauernd! Von Rachel und Judge hieß es schon immer, daß sie einmal heiraten würden. Faith Niven kam das sehr gelegen, weil sie Rachel in ihrer Nähe haben wollte. Alles war sorgfältig geplant: Die beiden Freundinnen würden heiraten, in derselben Straße wohnen und – obwohl sie beide Ehemänner hätten – immer zusammen sein.«

»Willst du damit sagen…?«

»Hm?«

»Daß meine Mom Rachel liebte?«

»O ja, in gewisser Weise schon!«

»Aber…«

»Du mußt immer daran denken, Connie Webster, daß deine Mutter das folgende nur getan hat, um Rachel in ihrer Nähe zu haben. Ich habe weiß Gott versucht, die Geschichte mit all ihrem Für und Wider zu verstehen. Ich altes Weib hab immer wieder darüber nachgedacht. All die Jahre hat mich die Geschichte beschäftigt, die ich immer noch nicht verstehe. Mag sein, daß sie nicht gerade *sinnlos* ist, weil ja die Gefühle der Beteiligten in sich schlüssig sind.

Weißt du, Rachel und deine Mutter hatten sich alles so schön ausgedacht. Rachel sollte bekanntlich Judge heiraten und deine Mutter Ronnie, obwohl dein Vater zu der Zeit, als diese Pläne geschmiedet wurden, noch nicht in der Nähe war. Damit sie glücklich bis ans Ende ihrer Tage miteinander lebten…! Ich glaube aber, daß die beiden ihre Zukunft als mitleidlose Hölle vor sich sahen. Was deine Mutter anbetrifft, so konnte sie sich mit diesem Zustand wenigstens abfinden, solange Rachel mit ihr litt. Leuchtet dir das ein?«

»Ich fürchte, ja!« erwiderte ich.

»Das dachte ich mir!«

»Aber waren Rachel und meine Mutter…?«

»Ein Liebespaar?«

»Ja.«

»Du willst wissen, ob sie miteinander geschlafen haben. Weißt du, darüber bin ich mir noch immer nicht im klaren. Aber ich glaube eher nicht! Weißt du, damals... Nein, ich bin mir sicher, daß sie nicht miteinander schliefen. Da lag schließlich auch der Hase im Pfeffer: Ihre Liebe wäre möglich gewesen, aber sie verheimlichten sie. Die Straße zwang sie dazu. Sie setzten sich Masken auf, und die Gesichter darunter wurden häßlich. Wenigstens das deiner Mutter! Für Rachel war es nicht so schlimm, vor allem, weil sie Judge mochte. Ja, sie liebte ihn sogar.«
»Aber man hat mir doch immer erzählt...«
»Was denn?«
»Daß sie ihn haßte. Daß er sie immer schlug und quälte, und daß er ein...«
»Teufel war?«
»Ja.«
»Wer hat dir das erzählt?«
»Nun, die ganze Straße weiß es doch!«
»Aber wer hat wohl damit angefangen?«
»Meine Mom«, sagte ich leise.
»Ja, deine Mom! Zum letzten Mal, Connie Webster, laß es dir gesagt sein: Judge Martin war kein Monster, kein Teufel. Er war in Wirklichkeit ein Engel. Ein Engel mit übermenschlichen Fähigkeiten. Und deine Mutter beraubte ihn seiner Magie und quälte ihn damit.«
Ich starrte sie entgeistert an.
»Mach weiter!« sagte ich.
»Laß mich überlegen! Ach ja, alles ging gut – das heißt, für deine Mutter. Die Hochzeit war schon geplant. Ja, alles verlief so, wie es deine Mutter gewollt hatte. Bis...«
»Steven Feather?«
»Genau. Bis sich Judge Martin in Steven Feather verliebte. Ich glaube, daß wir nur einmal die Gelegenheit haben, wirklich glücklich zu werden, Connie Webster! Je mehr ich erlebe, desto mehr glaube ich daran. Jeder ist in diesem Leben dazu bestimmt, seiner großen Liebe zu begegnen: dem

Menschen, durch den alles einen Sinn bekommt. Die meisten verpassen ihre Chance und verbringen den Rest ihres Lebens im Dschungel ihrer Gefühle. Aber einige von uns erkennen diese Person und halten sie fest. Ja, Steven Feather war Judge Martins einmalige Chance!«

»Wo ist er ihm begegnet?«

»Ich weiß nicht. Über die ganze Affäre habe ich nur sehr wenig erfahren. Aber Steven war ein erstaunlicher junger Mann. Er war, wie gesagt, ziemlich klein. Sah aus wie eine kleine Amsel oder ein kleiner Star. Ließ sich immer auf seinem Stuhl wie ein Vogel auf der Stange nieder und saß gewöhnlich dort, wo du jetzt sitzt, um übermütig zu lachen und zu kichern. Obwohl er damals schon auf die zwanzig zuging, lachte er immer noch wie ein Kind. Er war der geborene Bauchredner. Er konnte seine Stimme auf die andere Seite des Raums zaubern und meine Puppen dazu bringen, mit mir zu sprechen. Ach ja, Steven! Ich liebte Steven wie meinen eigenen Sohn. Man mußte sich einfach in ihn verlieben. Der geborene Komödiant. Er konnte alle nachmachen. Aber du weißt ja, daß er nur eine Nebenrolle spielte! Er hatte nichts mit dem – wie soll ich sagen – tragischen Konflikt zu tun, der sich hier zuspitzte. Und doch war er in gewisser Weise sein Auslöser. Der eigentliche Grund dafür war deine Mutter und das Unheil, das sie Steven und Judge zufügte. Bei dem, was sie meinem kleinen Steven Feather antat, lernte sie ihre Lektion in Sachen Boshaftigkeit und Betrug. Fertigkeiten, die sie später auf perfekte Weise wiederverwenden sollte.

Deine Mutter wußte ganz genau, daß Judge Rachel heiraten mußte, damit sie in ihrer Nähe blieb.«

»Na und?«

»Weißt du, Judge hatte vor wegzulaufen. Er wollte mit Steven Feather durchbrennen.«

»Aber dann hätte Mom Rachel doch für sich allein gehabt!«

»Nein«, erwiderte Mama Zep, »deine Mutter wußte ganz genau: Wenn Rachel nicht mehr verpflichtet war, Judge zu heiraten, würde sie zu dem Menschen gehen, den sie wirklich liebte und ihre einmalige Chance ergreifen, glücklich zu werden.« Mama Zep lächelte und wartete.

»Petra Gerda«, sagte ich.

»Ja, Petra Gerda.«

»Was aber keinen Sinn ergibt!« meinte ich.

»Natürlich nicht! Darum ist die Geschichte ja auch so real! Weißt du, Gefühle sind ohne Logik und Vernunft. Nur Gefühle! Alle Beteiligten waren ja so jung! So jung und unerfahren. Für sie gab es nur Leidenschaft, Eifersucht, Besessenheit, Besitzgier, Bedürfnisse und Wünsche. Eben Gefühle! Alles hätte anders sein können, aber war es nicht. Judge hätte mit Steven und Petra hätte mit Rachel zusammenleben können. Alles wäre so einfach gewesen...«

»Und meine Mom?«

»Ja, genau! Deine Mutter! In dieser vollkommenen Welt war nämlich kein Platz für Faith Niven!«

»Was passierte dann? Was tat sie?«

»Seit Jahren versuche ich schon, die Teile des Puzzles zusammenzufügen. Alles ist so kompliziert. Immer wieder Gefühle und keine logischen Zusammenhänge. Weißt du, sie mußte die Gewißheit haben, daß Rachel und Judge heirateten!«

»Ja?«

»Was aber hieß, daß sie Judge und Steven trennen mußte.«

»Ja?«

»Also erzählte sie Stevens Eltern von der Beziehung der beiden. Zu sagen, daß daraufhin die Hölle los war, wäre eine Untertreibung. Ach Gott, der arme Steven! Er war völlig hilflos. Sein Vater schlug ihn windelweich. Ich kann mich noch so gut daran erinnern: Sein Vater schleifte ihn die Straße entlang und züchtigte ihn dabei mit einem Ledergürtel. Die Leute schauten von ihren Fenstern aus zu, ohne einzugreifen. Steven wurde von seinen Eltern in einen Schrank gesperrt. Sie behandelten ihn wie ein Tier.«

Ich dachte eine Zeitlang nach und sagte dann: »Auf dem Foto, das ich gefunden habe…«

»Ja, auf dem die drei Mädchen zusammen abgebildet sind. Ich dachte mir, daß du darauf zurückkommen würdest. Du hast richtig vermutet: Steven hat dieses Foto geknipst. Es ist sein Schatten, den du auf dem Pflaster siehst. Ein paar Tage bevor Judge und Steven durchbrennen wollten, hat Judge Steven dazu überredet, das Foto zu machen. Auf seine Art liebte er sie alle. Er mochte sie und wollte das Foto als Erinnerung – damit er sie nicht vergäße! Aber er hat dabei einen großen Fehler begangen.«

»Er hat Faith Niven in seine Pläne eingeweiht!«

»Ja.«

»Was ist dann passiert?«

»Stevens Eltern verrieten keinem, wie sie davon erfahren hatten. Niemand verdächtigte Faith, am wenigsten Judge, ihr bester Freund. Wirklich ein durchtriebenes Frauenzimmer! Sie war falsch wie eine Schlange: In ihr verkörperte sich die Mentalität der Bewohner dieser Straße am reinsten.«

»Dann war es also zwischen den beiden aus?«

»Na ja, Steven brannte durch. Seilte sich buchstäblich an zusammengeknoteten Leintüchern von seinem Fenster ab und lief davon. Übriggeblieben war…«

»Judge.«

»Ja, Judge. Ach, ich kann mir lebhaft vorstellen, wie deine Mutter alles inszeniert hat! Kurzum: Judge heiratete Rachel, die kurz darauf schwanger wurde. Deine Mutter heiratete Ronnie. Alles kam, wie es deine Mutter gewollt hatte. Bis Petra Gerda…«

»Aber sie war doch schon immer dort gewesen?«

»Ach ja, aber verstehst du, sie war eine Hexe. Von klein auf. Nachdem Rachel geheiratet hatte, ging sie eine Zeitlang

weg. Ich glaube, sie hatte keine Hoffnung mehr, Rachel jemals zu besitzen. Zuviel sprach dagegen. Obwohl auch sie gegenüber deiner Mutter nie den geringsten Verdacht hegte. Wie übrigens keiner von uns! Petra ging also weg, aber kam bald wieder, fest entschlossen, Rachel zu retten.«
Ich warf einen Blick auf die Wanduhr. »Ich muß jetzt bald gehen!« rief ich.
»Hier können wir gut unterbrechen!« sagte sie. »Wir kommen nun zum letzten Kapitel.«
»Aber der Brief?«
»Was ist damit?«
»Er war doch an meine Mutter!«
»Nein, an Rachel. Petra gab ihn deiner Mutter, die ihn Rachel zustecken sollte. Aber Rachel hat ihn nie bekommen. Ich wußte gar nicht, daß es ihn gab, bis du ihn mir gezeigt hast. Aber jetzt ist mir ein Licht aufgegangen!«
Ich erhob mich.
Draußen war alles in goldgelbes Licht getaucht. Vogelgesang drang durch das halboffene Fenster.
»Er fehlt dir immer noch, wie?« fragte ich.
»Wer?«
»Steven Feather.«
»Ach ja, das ist wahr. Aber ich träume noch von ihm, so daß er nicht für immer verschwunden ist!«
»Was ist aus ihm geworden?«
»Ich weiß nicht. Er ist woanders untergekommen. Wahrscheinlich sollte ich das Ganze vergessen! Alles verlorene Liebesmüh!«
Als sie mich zur Tür begleitete, sagte sie: »Weißt du, daß er hier ist?«
»Wer denn?«
»Judges Sohn, Cromwell!«
»Ach ja, hab ihn ganz kurz gesehen.«
»Er ist seinem Vater wie aus dem Gesicht geschnitten!«
»Ja.«

Sie packte mich am Arm.
»Ach, die Erlösung, Concord Webster! Die Erlösung!«
Dann schloß sie die Tür.

10. Kapitel

Als ich in den Laden kam, wollte Dicky Tallis gerade weggehen. Er hatte sich mit seinem geckenhaften, leuchtend mauvefarbenen Jackett herausgeputzt. Obwohl sein Haar graumeliert war, hatte er es mit Pomade in eine untadelige Schmalzlocke gelegt.
»Hallo!« sagte ich.
Er durchbohrte mich mit Blicken.
»Vergiß die Lichter nicht, wenn du den Laden dichtmachst!« rief er zu Loverboy hinüber.
»Nein, ich werde mein möglichstes versuchen!« erwiderte Loverboy.
»Versuch's nicht, tu's!«
»Hallo!« sagte ich noch einmal.
»Concord!« sagte er barsch und ging.
»Tut mir leid!« sagte Tal.
»Kaum zu fassen, dein Vater schneidet mich, weil er sich mit meinem Vater gestritten hat!«
»Dein Vater hat mich auch links liegengelassen!«
»Unfaßbar! Nach all den Jahren ist das wirklich bescheuert!«
»Meine Mutter findet, daß sie sich wie kleine Kinder aufführen!«
»Stimmt!«
»Wie lange soll das noch so weitergehen?«
»Wenn es nach Dad ginge, ewig!«
»Ach, es ist ja wirklich zu albern. Deine Mutter darf nicht mehr mit meiner Mutter sprechen und ich nicht mehr mit dir. Worüber haben sie sich denn überhaupt gestritten?«

»Keiner scheint's zu wissen!«
»Hat dein Vater denn nichts darüber gesagt?«
»Nein. Deiner etwa?«
»Nein. Kein Sterbenswörtchen!«
»Hör mal zu! Ich finde, daß du nicht mehr herkommen solltest, bis sich die Lage wieder etwas beruhigt hat. Ja? Ich will damit nur sagen, daß es Papa die Laune verdirbt, was er dann an mir ausläßt, oder noch schlimmer, an Mama! Ja? Was meinst du dazu?«
»Du findest also wirklich, daß wir uns nicht mehr sehen sollten?«
»Ach nein, Con! Jetzt sei bloß nicht albern! So war es doch nicht gemeint! Aber vielleicht sollten wir uns vorläufig nur in der Burg treffen. Bis sich alles gelegt hat.«
»Wie lange wird das wohl dauern?«
»Nicht lange. Du weißt doch, wie das ist!«
»Ja, und dein Vater meint, daß der Bruch endgültig ist!«
»Nichts währt ewig!« sagte Tal.
»Einiges schon. Das ist ja das Problem!«

Ich saß auf meinem Bett und sah das Foto an. Da waren sie: die drei Mädchen.
Das ist die Geschichte von Dreierbeziehungen...
Rachel stand zwischen den beiden anderen Mädchen. Petra zur Linken. Beide Mädchen sahen in die Kamera und lächelten. Mom stand rechts von ihnen und schaute Rachel an. Von der Mitte des unteren Randes stieg ein Schatten auf: Steven Feathers Schatten. Er fiel schräg ins Bild und verharrte bei Mom. Im Hintergrund war auf der linken Seite ein Fenster, dahinter das verschwommene Gesicht von Judge Martin. Er schaute direkt in die Kamera. Ich sah das Foto ganz aus der Nähe an. Nun wußte ich, was dieser Blick bedeutete: Judge Martin sah mich mit einem Blick voller Liebe an.
»Gib sie wieder her!«
Ich drehte mich um. Mom stand hinter mir. Sie hatte eine

Gesichtsmaske aufgetragen, so daß ihr Gesicht wie eine Totenmaske aussah.
»Gib sie her!«
Ich gab sie ihr.
»Was fällt dir eigentlich ein, meine Sachen zu klauen!«
»Ich weiß…«
»Ist mir scheißegal, was du darüber weißt! Verstehst du mich? Es ist mir scheißegal! Ich hab dir nicht das Leben geschenkt, damit du mich zensierst! Es ist mir egal, was dir Mama Zep erzählt! Es ist mir scheißegal! Es steht dir nicht zu, mich zu richten! Du hast ja keinen blassen Schimmer! Wie könntest du auch! Wie könntest du auch ahnen, was ich empfunden habe und immer noch fühle! Und auch Mama Zep wird es nie ahnen, ihren Geschichten zum Trotz!«
So temperamentvoll war sie seit Judge Martins Tod nicht mehr gewesen. Ihre Augen glühten vor Zorn. Ich wußte, daß sie mich in diesem Augenblick haßte. Man konnte es fühlen. Und ich haßte sie ebenfalls. Ich war nur von dem einen Wunsch beseelt, sie leiden zu lassen.
»Sie hat mir von Steven Feather erzählt«, sagte ich.
Sie starrte mich entgeistert an. Ihre Hände zitterten.
»Sie weiß überhaupt nichts!«
»Sie weiß genug!«
»Genug ist nicht alles!«
»Ich weiß nun, was du getan hast!«
»Ich laß mich von dir nicht richten, Connie! Du hast nicht das Recht dazu, nach allem, was ich für dich getan, für dich geopfert habe!«
»Was hast du denn für mich geopfert?«
»Allerhand!«
»Was genau?«
»Herrgott, wie kannst du mit mir nur so reden! Mir ist es völlig egal, was sie dir erzählt! Ich habe getan, was ich tun mußte, um weiterleben zu können. Ich wollte leben. Keiner wird mich je verstehen! Ich brauchte… um zu lieben…«
»Du liebtest, und Rachel starb!« sagte ich.

Tu ihr weh, sprach es in meinem Innern, laß sie bluten!
»Das brauchst du mir nicht mehr zu sagen! Ich weiß auch, daß Rachel starb! Ich war dabei! Ich war dabei, als Rachel starb!« Nun weinte sie. Die Tränen zogen dunkle Furchen durch die rissige Gesichtsmaske. »Ich habe sie sterben sehen! Mußte mitansehen, wie sie aufgab! War dabei, als Cromwell geboren wurde!«
»Er ist wieder hier!«
»Das habe ich auch schon gehört!«
»Hast du ihn gesehen?«
»Nein.«
»Willst du ihn sehen?«
»Nicht unbedingt.«
Ich stürmte an ihr vorbei die Treppe hinab.
»Connie!« rief sie mir nach. »Warte!«
»Was?«
»Ich bin nicht... Ich bin nicht die einzige, die Schuld hat, wir waren alle miteinander schuldig. Merk dir das!«
»Und Steven Feather? Was war mit ihm?«
»Aber er hatte ja nichts damit zu tun... oder doch nur am Rande!«
»Genau!« sagte ich.
Dann knallte ich die Tür zu.

»Ich schätze, daß wir meinen Geburtstag in diesem Jahr nicht feiern werden!« sagte Loverboy, öffnete eine Büchse mit Lagerbier und warf sich neben mich aufs Sofa. »Mit all den Scherereien!« fügte er hinzu.
»Nein«, erwiderte ich, »wahrscheinlich nicht!«
»Der erste, den wir auslassen!«
»Ja.«
Ich musterte nachdenklich den seltsamen Raum, der unser Versteck war. Hier fühlte ich mich wohl, hierher gehörte ich. Die Welt dort draußen richtete mich zugrunde. Nur in der Burg fühlte ich mich sicher. Sie war eine Art Zufluchtsstätte.
»Ich muß dir etwas zeigen!« sagte Tal.

»Was denn?«
»Versprich mir, daß du es niemand weitererzählst!«
»Nicht, wenn du es nicht willst.«
Er griff in die Tasche und zog eine kleine schwarze Schachtel hervor, in der ein prächtiger Diamantring mit einem Rubin steckte.
»Für Angela!« sagte er. »Ihr Verlobungsring!«
»Oh!«
»Wir wollen im Spätsommer heiraten.«
»Ach so?«
»Ist ein hübscher Ring, ja?«
»Sehr.«
»Ich dachte, es wäre nun an der Zeit! Die Leute haben genug Anspielungen gemacht. Angela war es wirklich leid!«
»So daß du dich schnurstracks entschlossen hast, sie zu heiraten, um ihrem Verdruß ein Ende zu bereiten!«
»Warum machst du mir's eigentlich so schwer? Ich dachte, du freust dich!«
»Tu ich doch, Tal! Wenn es wirklich das ist, was ihr beide wollt! Dann freu ich mich, ganz ehrlich!«
»Ja, ist es! Genau das, was wir wollen!«
»Dann meinen herzlichen Glückwunsch!«
»Und du wirst mein Trauzeuge sein! Wir drei wollen beieinanderbleiben. Du kannst dann zu uns ziehen, wenn ich mit Angela eine eigene Wohnung habe. Würde dir das gefallen, ja?« Ich war sprachlos.
»Ja?« fragte er noch einmal.
Ich nickte.
»Dann bleiben wir drei nämlich zusammen. Für immer!« sagte Tal. »Solange du bei mir bist, kann ich es ertragen! Du wirst mich doch niemals verlassen, Con?«
Ich schüttelte den Kopf.
»Und für immer mein Freund bleiben?«
»Ja«, erwiderte ich.
Sagte es und starrte dabei den Totenkopf im Fernseher an.

Am darauffolgenden Morgen war Mom schon sehr früh aufgestanden und hatte das Frühstück fertig, als ich herunterkam.

»Wenn du magst, da sind Rühreier auf Toast«, sagte sie. »Wenn nicht, kannst du sie gleich wegschmeißen!«

»Ich will sie aber!«

»Tee?«

»Ja, gut.«

»Ruf deinen Vater!«

»Ich bin schon da, ich bin ja schon da«, sagte Dad und spazierte zur Küche herein. »Hab gar keine Zeit mehr! Bin sowieso schon spät dran! Tschüs!« Und weg war er.

Die Tür wurde zugeknallt.

»Er wird noch mal die Glasscheibe zerbrechen!« rief Mom. »Was hast du heute vor?«

»Ich weiß noch nicht.«

»Wieder Geschichten?«

»Ich weiß nicht, aber es wäre zu überlegen.«

»Ich verstehe.« Sie schlürfte ihren Tee. »In dieser Angelegenheit streite ich mich nicht mit dir herum! Ich lasse mich von dir nicht fertigmachen! Jetzt nicht. Ich lasse es einfach nicht zu! Ich bin nämlich stärker, als du glaubst, und ich habe genug gelitten! Verstehst du mich? Genug! Herrgott, du hast ja keine Ahnung! Meinst du, daß das so einfach war? Ich lasse mich nicht unterkriegen und schon gar nicht von meinem eigenen Sohn!«

Ich sah ihr fest in die Augen.

»Du hast andere leiden lassen!« sagte ich.

»Sie sind alle schon tot!«

»Tot?«

»Ja, die Glücklichen!«

»Alle? Auch Petra?«

»Ja, auch Petra. Ach, dann hat sie dir das also noch nicht erzählt! Ja, auch Petra ist tot.«

»Wie ist sie gestorben?«

»Ich weiß nicht.«

Ich stand auf und legte mein Besteck ins Spülbecken.
»Hast du Petra gehaßt?« fragte ich.
»Nein.«
»Aber Judge?«
»Ach, nein!«
»Warum dann alles?«
Sie stand auf, rauschte an mir vorbei und fing an, das Geschirr abzuwaschen.
»Frag mich nicht!« sagte sie. »Hör auf zu fragen! Ich will's dir nicht sagen! Du hast kein Recht, es zu erfahren! Das ist nicht meine Geschichte!«
»Wessen ist es dann?«
Sie sah mich an und lächelte: »Wie es aussieht, deine!«

Ich ging die Straße entlang, als eine Taube so nahe an mir vorbeiflog, daß sie beinahe meine Wange streifte. Ich sah ihr zu, wie sie emporkreiste, sich schwarz gegen den blauen Himmel abhob, dann herabsegelte, wieder an meiner Wange vorbeistreifte, um sich schließlich auf der Schulter von Cromwell Martin niederzulassen. Er trug ein schwarzes Hemd und schwarze Jeans. Um den Hals hatte er ein leuchtend rotes Nickituch.
»Sie liebt mich anscheinend«, sagte er. »Sie ist schon seit einer Ewigkeit bei mir. Ich kann noch so sehr versuchen, sie abzuschütteln, sie kehrt doch immer wieder zu mir zurück. Schau mal!«
Er nahm den Vogel von seiner Schulter und schleuderte ihn in die Luft. Die Taube flatterte in einem Federwirbel auf und flog dann zu ihm zurück. Cromwell wich ihr aus, rannte davon, versuchte alles mögliche, um dem Vogel zu entkommen, der ihn aber immer wieder erspähte und auf seiner Schulter landete. »Da siehst du's selbst«, sagte er. »Was meinst du, ist das Liebe?«
»So etwas Ähnliches«, erwiderte ich.
»Ja, nur so etwas Ähnliches wie Liebe, aber findest du nicht auch, daß es etwas Gutes ist?«

»Die Taube scheint es zumindest zu glauben!«
»Ja, nicht wahr?«
»Und du?«
»Ach, ich weiß nicht. Manchmal würde ich sie am liebsten töten, obwohl ich überhaupt nicht mehr weiß, was ich ohne sie anfangen sollte. Was meinst du, ist es besser zu lieben oder geliebt zu werden? Ich bin übrigens Cromwell Martin!«
»Ich weiß. Tut mir leid wegen deines Vaters!«
»Nicht nötig, ich kannte ihn kaum. Ich habe ihn nur bei den ein, zwei Besuchen gesehen, die er uns im Lauf der Zeit abstattete. Wahrscheinlich hat er sich vor mir gefürchtet!«
»Ehrlich?«
»Nun, ich weiß nicht. Wir werden doch nie so richtig schlau aus unseren Eltern! Wir lernen nur... ihre Schatten kennen.«
»...oder ihre Masken«, fügte ich hinzu.
»Ja, genau. Wie heißt du?«
»Connie Webster.«
»Ach ja, meine Tante hat mir von dir erzählt. Du hast ihr beim Einkaufen geholfen.«
»Stimmt.«
»Sie scheint zu glauben, daß wir wie geschaffen sind füreinander!«
»Komisch, ich hab gerade dasselbe gedacht!«

Helen machte uns etwas zu essen. Die ganze Zeit beobachtete sie uns aus den Augenwinkeln. In ihrem Gesicht drückte sich eine merkwürdige Zufriedenheit aus, als sie sich mit dem Tee und den Sandwiches abmühte.
»Ich bin diese häuslichen Arbeiten nicht gewohnt!« erklärte sie. »Meine Hände sind für Besseres geschaffen.«
»Sie ist Künstlerin«, sagte Cromwell.
»Liebes, bitte sag solche Wörter nicht in der Küche, sonst verschlägt es Connie den Appetit!«

Sie stellte die Teller vor uns hin und ließ sich ebenfalls am Tisch nieder.

»Du hättest zur Beerdigung kommen sollen«, fuhr sie fort, »es war das Langweiligste, was ich jemals erlebt habe!«

»Haben Sie Ihren Bruder denn nicht gemocht?« fragte ich.

»Nein, wie hätte ich auch! Als wir noch Kinder waren, habe ich ihn wahrscheinlich geliebt. Aber ich habe eben den Bauernhof so gern gemocht, wo wir während des Krieges evakuiert waren. Dann war ich auch älter als Judge. Er kam erst nach dem Krieg zur Welt, hat unser ländliches Idyll also versäumt... An die Zeit nach meiner Rückkehr habe ich nur noch schlechte Erinnerungen. Mein Vater war ein solches Scheusal! Er schlug mich und meine Mutter, so daß ich nichts sehnlicher wollte, als wegzukommen und auf den Bauernhof zurückzukehren. Ach, ich weiß, daß ich Judge nicht dafür verantwortlich machen sollte! Aber ich hab eben so schlimme Erinnerungen an die Zeit mit ihm. Ja, so einfach ist das! Ich hatte nie den Wunsch, nach Hause zurückzukehren, nicht ein einziges Mal habe ich daran gedacht. Nun ja, ich kam zum Begräbnis meiner Mutter und habe Judge aufgesucht, das schon! Aber es war keine Rückkehr zum Elternhaus, zur Straße. Auch jetzt wäre ich nicht mehr wiedergekommen, wenn...«

»Aber *ich* wollte zurück!« sagte Cromwell.

»Warum?« fragte ich.

»Ich weiß nicht. Ich fand es eben sinnvoll.« Er fütterte die Taube auf seiner Schulter mit Brotkrumen.

»Müssen wir denn Orpheus unbedingt hier drinnen haben?« rief Helen.

»Er tut doch keinem was!«

»Er macht nur einen etwas deplazierten Eindruck!«

Wir mußten alle lachen.

»Ich verstehe nicht, wie Sie sich so vollständig von hier losreißen konnten«, sagte ich. »Das dürfte doch nahezu unmöglich sein!«

»Ach was, alles ist möglich! Wart nur ab, du wirst es schon

noch erleben! Ich war hier einfach nicht glücklich und bin der schlagende Beweis dafür, daß noch Zeichen und Wunder passieren. Eines Tages erwachst du und sagst dir: ›Ich brauche diesen Teil meines Lebens nicht mehr, er bedeutet mir nichts!‹ Siehst du, so einfach ist das!«
Kuu-kuu, gurrte der Vogel.
»Ach, bring ihn doch nach draußen!« sagte Helen.
»Es ist aber eine Sie!«
»Ein Wunder!«

Ich folgte Cromwell auf sein Zimmer. Die Wände waren blendend weiß. Ein Bett war das einzige Möbelstück. In einer Ecke war ein Spiegel aufgestellt.
»Ein bißchen leer!« sagte er. »Tante Helen hat alles ausgeräumt.«
»Sie verliert auch wirklich keine Zeit!« entgegnete ich.
»Sie hat eben soviel Energie! Eigentlich zuviel. Wenn man mit ihr spricht, hat man manchmal das Gefühl, einen Ozeandampfer zu rudern!«
Die Taube flog zum Fenstersims.
»Warum nennst du sie ›Orpheus‹?« fragte ich Cromwell.
»Meine Tante hat sie so getauft, ich weiß nicht einmal, wer Orpheus war.«
»Er ist in die Unterwelt hinabgestiegen.«
»Weshalb?«
»Ich glaube, um seine verstorbene Geliebte zu retten.«
»Ein bißchen extrem!«
»Ist vielleicht manchmal nötig!«
»Hoffentlich nicht!«
»Sag nur, du würdest nicht in den Hades hinabsteigen, um einen Menschen zu retten, den du liebst!«
»Kommt darauf an!«
»Worauf?«
»Wie sehr ich ihn liebe!«
»Wie ist das mit dem Geliebtwerden?«
»Eine völlig andere Geschichte!«

»Warum?«
»Keine Ahnung, ist eben so!«
Wir setzten uns aufs Bett.
»Sag, hab ich dich schon mal gesehen?« fragte er.
»Beim Leichenzug hast du mich durchs Wagenfenster angesehen.«
»Ich meine aber davor und woanders!«
»Nicht daß ich wüßte!«
»Mir ist aber, als ob ich dich kennen würde!«
»Mir geht's nicht anders!«
»Aber wie ist das möglich?«
Kuuu-kuuu, gurrte der Vogel.
»Sei still, Orpheus«, rief Cromwell.
»Magie!« sagte ich.
»Was?«
»Das Gefühl, einander zu kennen!«
Kuuu-kuuu.
»Orpheus!« sagte er leise.
Wir küßten uns.

Wir standen nackt vor dem Spiegel.
»Schau dich an«, sagte ich zu ihm, »und erzähl mir, was du siehst!«
»Wie?«
»Du sollst dich selbst beschreiben!«
»Schwarze Haare – zurückgekämmte schwarze Haare – schwarze Augenbrauen – dunkle Augen – blasser Teint – scharfe Gesichtszüge – leuchtendrote Lippen – breite Schultern – ein flacher Bauch.«
»Das ist es also, was du siehst!«
»Das ist es, was ich sehe!«
Er hielt mich fest. »Und was siehst du, wenn du in den Spiegel schaust?« fragte er.
»Uns!« erwiderte ich.

»Loverboy war hier und wollte dich besuchen«, berichtete Mom, als ich nach Hause kam. »Er sagte, daß er dich sobald wie möglich sehen will. Erzähl bloß deinem Vater nichts davon!«
»Warum?«
»Du weißt genausogut wie ich...«
»Ich werde den Kontakt mit Tal nicht abbrechen, nur weil es mein Vater so will!«
»Und natürlich willst du auch nicht von deinen Vorsätzen abweichen!«
»Nein, das stimmt!« erwiderte ich.
»Ach, ich möchte ja nur ein bißchen Ruhe und Frieden in diesem Haus!«
»Die du aber nicht finden wirst, wie?«
»Bestimmt nicht durch dich!«
»Du hast verflucht recht damit!«
Sie stürmte nach oben.
Ich folgte ihr ins Schlafzimmer.
»Ich habe ihn kennengelernt!« sagte ich.
»Wen?«
»Cromwell Martin.«
»Wirklich? Verschwinde jetzt!«
»Ich werde ihm alles über dich erzählen!«
»Ach, verschwinde endlich, Connie!«
»Er hat ein Recht, es zu erfahren!«
»Ich sagte, verschwinde!«
»Ich werde ihm ganz genau schildern, was du bist!«
Mom stürzte sich auf mich, packte mich mit beiden Händen am Kragen und drückte mich an die Wand. Sie hielt mich mit den Händen fest und trat mir gleichzeitig gegen das Schienbein. Ich stieß sie weg, aber sie fiel erneut über mich her und zerkratzte mir mit den Fingernägeln das Gesicht. Ich fühlte, wie sie sich in meine Wange eingruben. Dann schlug sie mich. Blut tropfte von meinem Mund herab. »Hör auf!« schrie ich. »Hör endlich auf!«
»Du Scheißkerl!«

»Hör auf!«
Ich trat gegen ihre Beine, packte sie an der Kehle und schlug ihr in den Bauch.
Zuletzt lagen wir schwitzend und erschöpft auf dem Boden. Mein Gesicht und Hemd waren blutverschmiert. Das Haar hing Mom wirr über die Augen. Fast alle ihre Fingernägel waren abgebrochen.
Sie fing an zu weinen.
»Raus!« befahl sie mir schluchzend. »Mach endlich, daß du fortkommst!«
»Ich hasse dich!« sagte ich.
»Ja.«
»Ich hasse dich! Ja, ich hasse dich!«
»Raus!« schrie sie.

Ich war im Bad und wusch meine Wunden, als Dad nach Hause kam.
»Wer hat das getan?« fragte er.
»Frag Mom!« erwiderte ich.
»War sie's?«
»Geh schon und frag sie!«
»Was machst du bloß mit ihr, Con! Sie hat dich doch sonst nicht mal angeschrien!«
»Frag sie doch! Ich sag gar nichts!«
»Das werd ich auch tun!«
»Ich geh jetzt dann gleich zu Loverboy, wahrscheinlich wird's spät!«
»Aber du weißt doch, was ich…«
»Es ist mir schnuppe, Loverboy ist mein Freund!«
»Ich will nicht, daß du ihn besuchst!«
»Ich tue, was ich für richtig halte!«
»Aber…«
»Dad, es ist mir scheißegal!«
»Wie kannst du dich unterstehen, mit mir so zu sprechen! Überhaupt habe ich mich ja deinetwegen mit Dicky rumgestritten!«

Ich starrte ihn entgeistert an.
»Meinetwegen! Warum denn das?«
»Er hat dich beschimpft!«
»Inwiefern?«
»Er hat gesagt, daß du Loverboy und Angela auseinanderbringen willst!«
»Was hat er gesagt?«
»Du hast richtig verstanden!«
»Deshalb hast du ihn verprügelt?«
»Ja, weil er lügt!«
»Wirklich?«
»Etwa nicht?«
»Du bist dir nicht sicher und verprügelst ihn trotzdem?«
Dad machte einen Schritt auf mich zu.
»Wenn ich jemals...«, fing er an.
»Ja?«
»Ach, nichts!«
»Los, sag's doch!«
»Nein. Wo ist deine Mutter?«
»In ihrem Zimmer!«
Vater schickte sich an, die Treppe hinaufzusteigen.
»Loverboy hat heute Angelas Verlobungsring gekauft«, sagte ich. »Das sollte alle zufriedenstellen!«
»Ach so, das wär's dann also!«
»Ja«, sagte ich.

Ich nahm den Drachenkopf mit zur Burg. Die Maske war nun fertig. Ich hatte beschlossen, ihr keine Augen einzusetzen. Die Löcher würden genügen, sahen irgendwie realistischer aus.
Ich setzte die Maske auf, schaute den Totenkopf im Fernseher an und dachte dabei: Ich bin verliebt. Es ist das erste Mal, daß ich liebe – und geliebt werde. Jemand liebt mich. Und ich erwidere diese Liebe. In meinem Innern tickte und drehte sich alles wie in einer riesigen Uhr: Radzahn gegen Rad, Feder gegen Spirale, Tick gegen Tack, und mir

wurde bewußt, daß nichts mehr sein würde wie zuvor. Ich hatte jemandem gezeigt, was ich wirklich war, hatte jemanden meine innerste Wahrheit, mein Geheimnis erkennen lassen. Dort draußen, vor den Mauern der Burg, gab es einen Jungen, der in meine Seele geblickt hatte, so daß ich nie mehr sicher war.

Ich hörte Schritte. Durch die Löcher in meiner Maske sah ich Loverboy die Treppe herunterkommen. Er lächelte mir zu und öffnete eine Bierdose.

»Sieht gut aus!« sagte er.

Ich nickte.

»Hast du deine Stimme verloren?«

Ich schüttelte den Kopf.

»Ach, Connie, ich bin jetzt nicht in der Stimmung für deine Spielchen!«

Er nahm einen Schluck aus der Dose. Das Bier lief ihm übers Kinn.

»Angela mochte den Ring, ja? Stell dir vor, sie weinte sogar, als sie ihn sah! Sie küßte mich und weinte! Sie hat wirklich überrascht getan, so als ob sie mein Verlobungsgeschenk gar nicht erwartet hätte. Frank und Sheila haben wir's allerdings noch nicht gesagt. Könnten das heute abend tun! Ach, wie ich diese verdammten Rituale dabei hasse!«

»Warum tust du's dann?«

»Wie meinst du das: ›Warum tust du's dann‹? Was bleibt mir denn anderes übrig? Was sollte ich denn sonst tun?« Er guckte mich mißtrauisch an. »Was hast du heute abend getrieben?«

»Ich habe Cromwell Martin kennengelernt.«

»Ich habe ihn nun auch gesehen. Allerdings nur von weitem. Ein ziemlich finsterer Geselle, finde ich!«

»Er ist in Ordnung!«

»Sieht aber wie ein Vampir aus!«

»Äußerlichkeiten!«

»Ich wünschte, du würdest diese Maske herunternehmen!«

»Warum?«
»Sie stört mich! Darum, Connie!«
»Ist nur ein Auftritt!«
»Ach Gott, du bist wieder in einer deiner arroganten Künstlerlaunen!«
»Ganz und gar nicht!«
»Herrgott, noch mal!«
Ich nahm die Maske ab. Mein Gesicht war rot und verschwitzt. Das Haar klebte mir an der Stirn.
»Was ist denn mit dir passiert?« fragte Tal.
»Wie?«
»Die Kratzer auf deinem Gesicht!«
»Ach so, hab mich mit einem Laternenpfahl angelegt!«
Tal wandte sich von mir ab.
»Was ist denn los?« fragte ich.
»Nichts«, murmelte er vor sich hin.
»Du kannst es mir doch sagen!«
»Ach, wirklich?«
»Was soll denn das schon wieder?«
»Ach, nichts!«
Ich ging zu ihm hinüber, und wir nahmen auf dem Sofa Platz. Ich legte den Arm um ihn, und er lehnte sich an mich. Sein Haar roch nach frischgepflückten Äpfeln.
»Allmählich verstehe ich nichts mehr!« sagte er.
»Nein?«
»Was meine Beziehung zu Angela angeht! Wenn mir doch nur jemand sagen würde, was hier vor sich geht!«
»Liebst du sie?«
»Nein.«
»Warum heiratest du sie dann?«
»Weil es von mir erwartet wird. Aber das weißt du doch selbst. Was sollte ich denn anfangen, wenn ich sie nicht heiraten würde? Oder sie? Nein, ich muß sie schon heiraten!«
»Aber wenn du sie doch nicht liebst...!«
»Was hat das denn damit zu tun? Meine Mutter will Enkel

haben, solange sie noch jung genug ist, um ihren Spaß daran zu haben – hat sie mir wenigstens gesagt. Sie kann es kaum mehr erwarten!«
»Dann heiratest du, um deiner Mutter einen Gefallen zu tun?«
Er richtete sich auf und sah mich an.
»Ja, wahrscheinlich!«

Auf dem Nachhauseweg schaute ich bei Cromwell vorbei.
Helen öffnete die Tür.
»Hallo, mein Schatz!« sagte sie. »Ich bitte dich einzutreten und so weiter...!«
Sie hatte ein Glas Gin-Tonic in der Hand.
»Cromwell ist oben und macht gerade ein Nickerchen. Du mußt ihn ja völlig geschafft haben, Lover!«
»Soll das ein Kompliment sein?«
»Klar! Bleib ein bißchen bei mir in der Küche, ich muß mit dir reden!«
Ich setzte mich an den Tisch, und sie gab mir etwas zu trinken.
»Hoffentlich magst du Gin!« sagte sie.
»Ich steh drauf!«
Sie nahm mir gegenüber Platz und lächelte mir zu.
»Cromwell war als Kind immer sehr viel allein gewesen!« sagte sie. »Das ist ihm wahrscheinlich auch anzumerken. Er findet nicht leicht Freunde, was aber nicht heißt, daß er einsam ist, sondern eher der Typ des Einzelgängers. Der Junge ist wirklich eine Mimose!«
»Wenn Sie von mir verlangen, ihn nicht zu verletzen, dann weiß ich...«
»Das ist mir schon klar, Con! Du würdest ihm nichts zuleide tun. Das weiß ich. Nein, das ist nicht mein Problem. Aber ich habe für Cromwell seit seiner Geburt gesorgt. Als Rachel tot war, hat ihn Judge sofort zu mir gebracht. Deswegen habe ich ihn auch immer als mein eigenes Kind betrachtet, ob-

wohl ich eigentlich nie den Wunsch hatte, ein Kind zu bekommen. Aber zu Cromwell fühlte ich mich hingezogen, ich mochte ihn sofort. Es erging mir wie dir. Ich glaube, es war eine Liebe auf den ersten Blick.«

»Ich liebte ihn schon, bevor ich ihn kennenlernte«, sagte ich.

»Ja, das glaub ich dir. Wir Menschen warten immer auf eine ganz bestimmte Person. Du hattest Glück, weil ihr euch beizeiten gefunden habt. Die meisten von uns warten und zögern so lange, bis sie schwarz und häßlich werden.«

»Ist es Ihrem Bruder so ergangen?«

»Ich glaube, ja. Wahrscheinlich hat er mit der Zeit alles verloren und wurde dann allmählich zu dem, wofür ihn die Leute hielten. Sie nannten ihn einen Teufel, und tatsächlich wuchsen dann auch Haare auf seinem Rücken und... Ja, er hat seine Chance verpaßt!«

Unwillkürlich kamen mir die Tränen.

»Ach nein, Con«, sagte sie und legte ihren Arm um mich, »weine nicht, nun ist alles vorüber!«

»Ich sehe immer noch Judges Leiche vor mir, so wie wir sie nach seinem Selbstmord gefunden haben. Warum hat er das bloß getan nach all den Jahren?«

»Keine Ahnung! Die meisten Selbstmorde ziehen sich über ein ganzes Leben hin.«

»Ich wünschte, ich hätte noch mit ihm sprechen können!«

»Aber das kannst du doch auch so noch, über Cromwell! Verstehst du? Das Verlorene läßt sich auch wiederfinden!«

Ich wischte mir die Tränen mit dem Hemdsärmel ab.

»Ich möchte, daß du eine Woche mit Cromwell verbringst, in unserem Haus auf dem Lande. Bleib bei ihm! Lieb ihn! Verstanden?«

»Ja«, sagte ich.

»Es wird euch beiden guttun! Du hast einen Tapetenwechsel ebenso nötig wie er!«

Ich hielt ihre Hände. Die goldenen Ringe fühlten sich kalt

und hart an. Sie führte meine Hände an ihre Lippen und küßte die Finger der Reihe nach.
»Er hat die hellseherischen Fähigkeiten seines Vaters geerbt«, sagte sie.
Ich suchte Cromwell in seinem Zimmer auf. Fest eingehüllt in seine Laken lag er im Bett und schlief. Ich ging zu ihm hinüber und legte mich neben ihn. Als ich ihm ins Gesicht sah, schienen winzige Funken um seinen Kopf zu kreisen und durchs halboffene Fenster hinauszufliegen.
Ja, dachte ich. Wenn jeder Funke eine Geschichte ist, dann laß sie hinausfliegen! Laß die Funken unserer Geschichte den Tierkreis am Firmament erhellen! Laß sie eine Sternschnuppe sein! Laß die Funken, die Geschichten sind, das Blut auf der Klinge für immer bannen!

11. Kapitel

Folgender Traum ist mir unvergeßlich:
Ich war als Spielmann gekleidet, und ein König sagte zu mir: »Mein Kind liegt im Sterben. Mein wunderschöner Prinz stirbt. Es gibt nur noch ein Mittel, das ihn retten kann!«
»Was ist das?« fragte ich ihn.
»Der Spiegel der Wahrheit!«
»Und wo ist dieser Spiegel?« fragte ich.
»In der Hölle. Du mußt in die Hölle und mir diesen Spiegel holen! Dann ist mein Sohn gerettet!«
Also öffnete ich eine grüne Tür und betrat die Hölle.
Es war dunkel und stank widerlich. Vögel stürzten sich beim Eintreten auf mich. Dämonen zerrten an meinen Beinen.
Tauben hackten so lange auf meinen Ohren herum, bis ich nichts mehr hörte.

Schließlich fand ich den Spiegel, den der Teufel selbst hielt. Er kämmte gerade sein schwarzes Haar.
»Du bist also wegen des Spiegels der Wahrheit gekommen!« sagte der Teufel.
Ich starrte ihn sprachlos an.
»Begreifst du denn nicht, daß nur der Teufel den Blick in den Spiegel der Wahrheit überleben kann? Alle anderen können ihn nicht ertragen!«
»Gib ihn her!« schrie ich.
Ich spürte den heißen, schwefligen Atem an meinem Hals, seine scharfen Zähne streiften meine Wange, mit den Klauen zerkratzte er mir den Rücken. Während des Kampfes saugte mir der Teufel die Augen aus dem Schädel.
Ich entfloh der Hölle.
Ich war blind und taub.
Aber ich hatte den Spiegel.
Ich knallte die grüne Tür hinter mir zu und brachte den Spiegel zum König. »Hier ist der Spiegel der Wahrheit!« rief ich in die schweigende Finsternis hinein. »Er wird deinen Sohn retten!«
»Zu spät!« sagte der König. »Der Prinz starb, als du deine Reise angetreten hast!«
Aber ich konnte natürlich nichts hören.

12. Kapitel

»Kommen wir also zum Schluß der Geschichte«, sagte Mama Zep. »Es gibt nicht mehr viel zu berichten. Wann gehst du mit Cromwell von hier weg?«
»Morgen früh«, erwiderte ich.
»Gut, dann habe ich ja den richtigen Zeitpunkt gewählt. Du sollst das Notwendigste noch erfahren, bevor du weggehst. Ach, es war nicht leicht, diese Geschichte zu erzählen! Das

ist mit allen Geschichten so! Aber diese war besonders kompliziert, weil sich alles gleichzeitig abzuspielen scheint. Schwer zu sagen, wo die eine Geschichte endet und die nächste beginnt, wer die Hauptfiguren sind, welches die Nebenhandlung und was die Haupthandlung ist: Zum einen ist es die Geschichte, bei der ich meine hellseherischen Fähigkeiten entdeckte und meine Mutter damit zum Weinen brachte. Die Geschichte von Jessica Silver und ihrer wechselnden Haarfarbe. Die Geschichte des Kindes, das Tassen zerspringen und die Milch gerinnen lassen konnte. Die Geschichte von Judge Martin und seinem kleinen Steven Feather. Es ist auch die Geschichte von Steven Feather, der davonrannte, um ein neues Leben zu beginnen. Die Geschichte von Rachel und ihrer unglücklichen Ehe mit Judge. Die Geschichte deiner Mutter. In gewisser Weise handelt sie auch von mir, weil ich von Judge Martins magischer Begabung wußte, aber nichts zu ihrer Rettung tat. Und natürlich geht es dabei um Petra Gerda, die uns alle übertraf und bei ihrer Geburt schon älter war als ich.

Petra Gerda. Der Name übt immer noch seinen Zauber aus, obwohl Petra über eine ganz besondere Art von Magie verfügte. Sie konnte weder Tassen zerbrechen noch Gespenster sehen oder ihre Eltern durch die Entlarvung von Geheimnissen zum Selbstmord treiben. Nein. Sie selbst war ihre Magie. Ach, die alte Hexe! Die wundervolle alte Hexe!

Man rief mich, um bei ihrer Entbindung mitzuhelfen. Ach, ich kannte die Gerda-Familie nur sehr oberflächlich. Obwohl sie nicht von hier waren, wußten sie, wer ich war. Denn außer mir gab es keine Hebamme. Ach, ich hatte nie zuvor oder danach einen solchen Kampf durchzustehen! Wirklich nie! Auch Cromwells Geburt hatte lange gedauert, aber die von Petra war viel schlimmer gewesen. Weißt du, sie war dort ganz glücklich, wo sie war. Sie hatte schon zig Leben hinter sich. Es gab nichts mehr, was wir ihr hätten beibringen können. Aber trotzdem zogen wir sie heraus.

Zogen sie, obwohl sie darum kämpfte, drinnen bleiben zu dürfen. Damals sah ich zum ersten Mal ihre Lippen. Sie waren glatt und nicht gespalten. Weißt du, bevor wir auf die Welt kommen, leben wir in einer Zauberhöhle, wo wir alle Geheimnisse des Lebens kennenlernen. Wenn wir sie verlassen, kommt ein Engel zu uns herabgeflogen, drückt seinen Finger auf unsere Lippen und sagt: ›Verrate niemand, was du weißt!‹ Die Spalte an unseren Lippen rührt von seinem Fingerabdruck her. Aber kein Engel hatte dies bei Petra getan. Deshalb wollte sie auch nicht in diese Welt.

Ich wußte, was ich zu tun hatte. Ich mußte dem Kind einen Namen geben. Ich versuchte, wieder einen klaren Kopf zu bekommen, und hielt das Baby vor mich hin. Es war so schwer und fühlte sich so fest wie Stein an. Dann hörte ich die Stimme meines Großvaters, der mir ihren Namen zuflüsterte.

›Petra‹, sagte ich.

Das Baby öffnete daraufhin die Augen, faßte nach meinem Gesicht und ließ auf meiner Wange einen blutigen Abdruck seiner Hand zurück.

Als ich Petra in die Augen schaute, bekam ich es mit der Angst zu tun. Ich erkannte sofort, daß sie ein Wechselbalg war. Sie erwiderte meinen Blick mit Augen, die viel älter waren als die meinen. Augen, die so weise und freundlich schauten, daß ich am liebsten geweint hätte.

So kam also Petra Gerda zur Welt.

Sie war von Anfang an anders. Später wollte sie sich dann nicht so anziehen wie die anderen. Sie wollte anders aussehen, anders sein. An einem Ort, wo jeder sein Bestes versuchte, um wie alle anderen auszusehen und zu denken, mußte Petra zwangsläufig zu einem Stein des Anstoßes werden. Niemand hatte Verständnis für sie, am wenigsten ihre eigenen Eltern. Und was die Leute nicht verstehen, versuchen sie zu vernichten. Schon als kleines Mädchen brachte sie es fertig, daß sich die Leute in ihrer Gesellschaft unbehaglich fühlten, aber nicht, weil sie boshaft oder rachsüchtig gewesen wäre, ganz im Gegenteil, sie war ein durch und durch liebenswürdiger und frohsinniger Mensch. Aber das war ihr Verhängnis: Sie war zu vollkommen, zu weise für diese Welt!«

»Eben eine Seherin!«

»Ja, genau: eine Seherin. Eine Hexe. Im Mittelalter wäre sie auf dem Scheiterhaufen verbrannt worden. Aber heutzutage leben wir ja nicht mehr im Mittelalter, so sagt man wenigstens. Petra bereitete den Leuten Unbehagen, weil sie durch sie hindurchschaute, als ob sie aus Glas wären, und sie in ihnen das sah, was sie in Wirklichkeit waren. Ihre Seele, wenn du so willst. Meistens mißfiel ihr, was sie dort sah: Gier, Habsucht, Dummheit... Sie sah alles. Niemand konnte sie hereinlegen. Außer...« Sie zögerte.

»Außer?«

»Also paß auf, sie war als Kind viel allein. Ich machte ihr Puppen, mit denen sie dann spielte. Sie war oft stundenlang in meinem Garten. Damals war der Garten noch wunderschön und nicht so verwildert, wie er heute ist. Allein, aber nicht einsam – so verbrachte Petra ihre Zeit. Dann kam sie in die Schule und freundete sich mit einem anderen Mädchen an: ihre erste, wirklich vertraute Freundin. Vermutlich der erste Mensch, für den sie etwas fühlte.«

»Meine Mutter?«

»Ja. Weißt du, Faith Niven war diejenige gewesen, die Petra in den Freundeskreis einführte. Der Kreis, zu dem auch...«

»Rachel gehörte.«

»Genau. So kamen die drei Mädchen schließlich zusammen. Die explosive Mischung war perfekt. Alles war in Bewegung.«

»Die Macht des Schicksals!« sagte ich.

»Genau! Die drei Mädchen waren immer zusammen. Dann passierte etwas, was deine Mutter nicht vorausgesehen hatte.«

»Petra und Rachel verliebten sich ineinander«, warf ich dazwischen.
»Ja«, sagte sie und nickte, »das stimmt! Petra und Rachel kamen zu mir ins Haus, um sich zu lieben. Oben in meinem Schlafzimmer. Es war der einzige Ort, wo sie hingehen konnten. Der einzige Ort, an dem sie sicher waren. Ach, sie waren ein so vollkommenes Paar, so wunderschön! Ich liebte sie beide. Sie – das heißt, Petra – hatten schon alles geplant. Sie wollten miteinander durchbrennen und dann irgendwo zusammenleben. Ich höre immer noch Petras Stimme, die so voller Hoffnung war.« Ihre Augen füllten sich mit Tränen. »Ach, Rachel verwirrte das alles nur! Weißt du, derlei Dinge durften hier einfach nicht passieren und wurden ignoriert. Rachel konnte es sich auch nicht als entfernte Möglichkeit vorstellen. Ach, diese Einfalt... diese unglaubliche Einfalt! Petra versuchte sie zu überzeugen, versuchte ihr klarzumachen, daß es möglich war. Ich glaube auch, daß es ihr gelungen wäre, wenn nicht diese andere Person dazwischengefunkt hätte: die einzige Person, die Petra zum Narren halten konnte...!«
»Faith Niven!«
»Ja, deine Mutter.« Sie nahm mich bei der Hand. »Jetzt paß mal auf, Concord Webster, du sollst aber deswegen nicht den Stab über deine Mutter brechen! Das steht dir nicht zu! Ich erzähle dir das ja nur, damit du es *weißt*! Jetzt ist nicht die Zeit für Rache oder gegenseitige Anschuldigungen! Uns bleibt nur noch, das zu retten und festzuhalten, was wir haben. Es ist nicht wichtig, ob du es für richtig oder falsch hältst. Wichtig ist nur, daß du es weißt!«
»Ja«, sagte ich leise. »Ja!«
»Ich möchte nun wieder auf Judge Martin zurückkommen, um den sich in gewisser Weise alles dreht. Wie gesagt, schwärzte Faith die beiden Freunde bei Steven Feathers Eltern an und machte so der Beziehung ein jähes Ende. Ach, die beiden Jungen waren eben nicht besonders stark, waren im Verhaltenskodex dieser Straße gefangen und zeig-

ten, wie uns ein bestimmter Ort und eine bestimmte Zeit in der Gewalt haben können. Damals wie heute übte die Straße eine düstere, heimtückische Macht über uns aus. Ich werde nie erfahren, welche Qualen der arme Steven Feather durchgestanden hat. Nicht nur die körperlichen – die weiß Gott schlimm genug waren –, sondern vor allem die seelischen! Die Folter des Geistes! Das arme kleine Vögelchen brannte durch: Steven konnte wenigstens etwas *tun*, aber Judge mußte bleiben. Was blieb ihm anderes übrig? Seine Mutter war krank. Sie hatte einen Schlaganfall gehabt und brauchte ihn. Er saß in der Falle: ein Gefangener der Straße, des Hauses und seiner Unwissenheit – und noch viel schlimmer!
Deine Mutter erzählte auch Jessica von Judge und Steven. Warum sie das tat, werde ich nie begreifen, weil sie ihr Ziel ja bereits erreicht hatte. Was auch immer sie dazu bewegt haben mag, das übrige ist leicht zu verstehen: Faith machte Rachel weis, daß Judge sie brauchte, und Judge, daß Rachel ihn brauchte, und sie ließ dabei nicht locker. Vor allem wurde sie es aber nicht müde, Petra einzureden, daß Rachel nichts mehr von ihr wissen wolle.«
»Aber alles war gelogen!« sagte ich. »Sicher hätte doch einer spitzkriegen müssen, was hier gespielt wurde!«
»Ach was! Faith war eben mit allen sehr eng befreundet und ging so behutsam vor!«
»Judge und Rachel heirateten also!«
»Ja. Ohne Steven war Judge machtlos. Er dachte, daß er Rachel mit der Heirat einen Gefallen tun würde. Weißt du, er machte sich nämlich nichts aus ihr, obwohl er sie mochte. Aber er liebte sie natürlich nicht so, wie er Steven liebte! Jemand hätte ihn in seiner Liebe unterweisen und ihm zeigen sollen, was möglich war! Aber wie du siehst, war keiner bereit dazu. So hat er's also nie erfahren.
Ach, ich kann mich noch gut an Jessicas Geschrei erinnern, als sie erfuhr, daß ihr Sohn etwas mit Steven hatte. Kannst du dir das vorstellen? Sie schrie so herzzerreißend, daß alle

Fenster in der Straße zersprangen. Wirklich! Ich bin nämlich dabeigewesen und hab alles mitangesehen. Ja, nun fällt es mir wieder ein: Sie schrie, und ihre Schreie zerschmetterten jede einzelne Fensterscheibe!«
»Und Petra?«
»Ach ja, Petra. Sie vertraute Faith und dachte, daß sie nun für Rachel überflüssig sei. Also ging sie weg. Fort von hier. Eines Morgens war sie weg. Ohne Abschied, ohne alles. Einfach verschwunden. Allerdings...«
»Was allerdings?«
»... kam sie wieder zurück.«
»Wegen Rachel.«
»Ja. Ungefähr ein Jahr später war Rachel im neunten Monat mit Cromwell, und Petra kam zurück. War sie schon vor ihrem Verschwinden eine starke Persönlichkeit, war sie es jetzt um so mehr. Endlich durchschaute sie auch die eine Person, von der sie sich hatte betrügen lassen. Sie mußte das ganze Jahr darüber nachgegrübelt haben und kam nun zurück, um Rachel einzufordern. Wie der Engel mit dem Flammenschwert kehrte sie wieder!
Es war der Tag, an dem Cromwell geboren wurde. Bei Rachel hatten die Wehen eingesetzt. Am frühen Nachmittag hatte man mich zu ihr gerufen. Auch Faith war nun verheiratet – mit deinem Vater. Aber die Männer waren alle arbeiten. Du weißt ja, daß die Straße tagsüber den Frauen und Kindern gehört. Petra kehrte zurück und ging geradewegs zu Faith Niven.
›Du hast ihn Rachel nie gegeben, wie!‹ sagte Petra.
›Verschwinde!‹ sagte Faith. ›Du bist hier unerwünscht!‹
Weißt du, an dem Tag, als sie wegging, hat Petra deiner Mutter einen Brief für Rachel gegeben, denn deine Mutter war die einzige, der sie trauen konnte. Wie du weißt, wollte sie Rachel durch den Brief sagen, daß sie sie immer noch liebte und daß es für sie eine Fluchtmöglichkeit gab. Für Rachel war es die letzte Chance. Ich wußte nichts von diesem Brief, bis du ihn mir gezeigt hast. Immerhin macht er die Dinge

klarer. Ich kann mich noch entsinnen, daß Rachel zu mir sagte: ›Ich hätte wenigstens geglaubt, daß sie schreibt, aber sie hat es nicht getan. Sie ist sang- und klanglos verschwunden! Vielleicht hat sie mich doch nicht wirklich geliebt!‹
Tragisch war, daß Rachel ihre Enttäuschung mit ins Grab nahm. Petra hat den Brief deiner Mutter gegeben, wo er dann liegengeblieben ist, all die Jahre lang!«
»Das ist alles so verrückt!« sagte ich.
»Es ist ja auch nicht so wichtig, ob etwas normal ist!« Mama Zep fuhr mich wütend an. »Wichtig ist, daß es etwas *bedeutet*, daß es eine Art Bedeutung erlangt.«
»Ja«, gab ich zurück, »mach nur weiter!«
»Sag mir mal, Concord Webster, glaubst du eigentlich an Dämonen?«
»Wie meinst du das?«
»Wie ich's gesagt habe. Dämonen, von denen wir besessen sind, böse Geister, die uns zu Handlungen treiben, gegen unsere bessere Einsicht.«
»Ich weiß nicht so recht«, erwiderte ich.
»Nun, ich sah Dämonen an jenem Tag. Zuerst ergriffen sie Besitz von deiner Mutter, dann hatten sie plötzlich die ganze Straße in der Gewalt. Beinahe so, als ob sie auf Petra gewartet hätten. Brenne, Hexe, brenne! Ach, dieser haßerfüllte Ausdruck in den Augen der Frauen, als sie Petra erblickten! Brenne, Hexe, brenne! An diesem Tag lag der Schwefelgeruch der Hölle über der Straße.«
»Aber was passierte nun wirklich?«
Mama Zep erhob sich, ging zum Tisch hinüber und holte sich dort eine Kristallkugel.
»Laß dir zuerst noch einmal sagen, wie sehr die Leute Petra Gerda haßten! Damit du es besser verstehst. Sie war so eine, die sich über alle Konventionen hinwegsetzte. Eine weise Frau, eine Zauberin. Ich kann es nur immer wiederholen, weil es wahr ist. Sie hatte die Gabe zu lieben. Für sie war alles so einfach: Sie liebte Rachel, und Rachel liebte

sie. Judge liebte Steven, und Steven liebte Judge. Warum sollte es diese Liebe nicht geben? Warum konnten sie nicht in Frieden zusammenleben? Sollten sie sich das Leben zur Hölle machen, nur weil ihnen die Leute einredeten, daß es ihre Liebe nicht geben dürfe? Für Petra war alles so einfach.

O ja, die Straße haßte Petra. Sie war eine Gefahr, eine Bedrohung für die Bewohner. Sie untergrub ihre Werte, weil sie einfach nur *sein* wollte. Ach, sie war einfach großartig: ging allein in die Kneipen, was natürlich unerhört war, und verprügelte die Männer, wenn sie ihr mit anzüglichen Bemerkungen kamen. Schlug sie richtig zusammen. Einfach fabelhaft! Einmal stand sie am Ende der Straße und schrie: ›Ihr seid ja nur ein armseliger Haufen von saublöden Arschlöchern! Hört ihr mich, alle miteinander! Ich fürchte mich kein bißchen vor euch!‹ Was auch wirklich stimmte. Sie fürchtete sich vor nichts und niemandem.

Sie kehrte also wieder zurück und tobte wie eine Wahnsinnige. Bereit, der Wahrheit ins Gesicht zu sehen, war sie gekommen, um Rachel zu befreien.«

»Aber sie ging zuerst zu Mom!«

»Ja.«

»Und?«

»Die Dämonen waren entfesselt…«

»Na und? Was passierte?«

»Ach, es begann mit einer Auseinandersetzung zwischen Petra und Faith an der Haustür: Geschrei, Beschimpfung, Beschuldigungen.«

»Wegen des Briefs!«

»Richtig. Dann rotteten sich die Nachbarinnen zusammen, um zu gaffen. Natürlich ergriffen sie für deine Mutter Partei. Petra war immer noch, was sie seit jeher gewesen war: eine Verfemte, ein ungebetener Gast. Ich war nicht dabei, als es anfing, ich war immer noch damit beschäftigt, Cromwell Martin dem Schoß seiner Mutter zu entreißen. Aber davon später. Wie gesagt, war ich nicht dabei, als der Streit losging. Aber wie ich nachträglich erfuhr, hat deine Mutter Petra zuerst geschlagen.«

»Geschlagen?«

»O ja. Zu Boden geschmettert und mit einem einzigen Hieb Nase und Mund blutig geschlagen! Aber Petra stand wieder auf und fuhr fort, deine Mutter zu beschuldigen, die jedoch der Menge die Bälle zuspielte. Es war ein heißer Sommertag, und der Mob witterte Blut. Von Dämonen getrieben, hetzte deine Mutter die Leute auf. Ach, diese Finsternis! Nach und nach beteiligten sich alle an diesem grausamen Spiel. Zuerst verhöhnten sie Petra, bedachten sie mit Schimpfnamen und beschuldigten sie. Dann warf deine Mutter – immer zuerst sie – eine Milchflasche nach Petra. Die anderen Frauen zogen nach und schleuderten alles, was sie in die Finger bekamen, nach ihr.«

»Sie steinigten sie!« murmelte ich vor mich hin.

»Ja, die Leute steinigten Petra. Sie kroch zu meiner Haustür, die einzige Tür in der ganzen Straße, hinter der sie sicher gewesen wäre. Immer noch trafen sie die Wurfgeschosse, schnitten und verletzten sie. Sie hätten sie umgebracht, Concord! Soviel war gewiß. Sie hätten sie bestimmt umgebracht! Aber ich habe sie daran gehindert!«

»Du hast den Lärm gehört!«

»Ja natürlich! Allerdings hatte ich keine Ahnung, was los war, und ich konnte doch Rachel nicht allein lassen! Es war eine schwere Geburt. Ich habe noch nie so viel Blut gesehen! Überall war Blut. Das ganze Bett war rot. Cromwell war noch in ihrem Bauch, als sie starb. Ich verlangte nach einer Schere, um ihn herauszuschneiden. Er schlug um sich und schrie, als er zur Welt kam.«

»Und dann gingst du auf die Straße!«

»Ja, und da sah ich Petra, die vor meiner Haustür auf dem Boden kauerte, vom gesamten Mob wie von einem Wolfsrudel umzingelt. Ja, ich rettete sie vor meinen Nachbarn, die ich einfach wegschickte. Ihr Blutdurst war nun gestillt. Die Dämonen gebannt.«

»Und weiter?«

»Was ist da noch groß zu berichten? Ich wusch Petras Wunden. Sie erzählte mir, warum sie zurückgekehrt sei, und ich mußte ihr sagen, daß Rachel tot sei. O Gott, wie hilflos wir doch manchmal sind!«

»Dann ist sie also wieder fortgegangen?«

»Sie hat mich angebettelt, vorher noch das Kind sehen zu dürfen. So schlichen wir also nachts, als alle schliefen, zu Judges Haus zurück. Ich zeigte ihr Rachels Jungen, und sie küßte ihn. ›Cromwell‹, sagte sie.

So kam das Kind zu seinem Namen.«

»Und Judge Martin?«

»Ach ja. Armer Judge! Weißt du, er hatte alles verloren! Wirklich alles! Zuerst vertraute er das Kind der Obhut seiner Schwester Helen an. Dann starb seine Mutter. In gewisser Weise war damit für ihn alles zu Ende. Außer...«

»Ja?«

»Verstehst du, wenn jemand keine Schuld an der ganzen Misere hatte, dann war es Judge Martin. Aber deine Mutter brauchte einen Sündenbock. Schuldgefühle, pure Schuldgefühle! Rachel war tot, und Faith hatte sich inzwischen mit Ivy Tallis angefreundet. Die Schuldgefühle erdrückten deine Mutter, und sie brauchte jemanden, auf den sie ihre ganze Schuld abwälzen konnte, ihre ganze Schlechtigkeit und all ihre Sünden.«

»Judge!« sagte ich.

»Ja. Sie brachte Gerüchte über ihn in Umlauf. All das, was sie über sich selbst sagen wollte und nicht konnte, hängte sie Judge Martin an. Sie nannte ihn ein Monster, ein wildes Tier...«

»Einen Teufel!« ergänzte ich.

»Ja, sie machte ihn zu ihrem ganz persönlichen Teufel, und wahrscheinlich wurde er am Ende auch wirklich zu dem, für was ihn die Leute hielten.«

»Und die ganze Zeit über«, fügte ich hinzu, »blieb meine Mutter dieselbe, während er sich veränderte. Er... er...«

»...spiegelte sie vermutlich wider!«
»So daß – als ich seinen Leichnam sah – daß in Wirklichkeit... meine... Mut –!«
»Denk nicht daran, Concord!«
»Aber hättest du denn nicht irgend etwas unternehmen können?«
»Nein, das darfst du mir glauben!«
»Aber wohin ist Petra gegangen? Was ist aus ihr geworden?«
»Mehr werde ich dazu nicht sagen. Mein Auftritt in der Geschichte ist zu Ende. Nur noch das eine: Petra liebte Rachel über ihren Tod hinaus. Eine Zeitlang blieb ich noch mit Petra in Verbindung und sagte ihr, wo Rachels Kind war.«
»Du hast ihr also gesagt, daß Cromwell bei Helen war?«
»Ja.«
»Ist sie dann zu Helen gegangen?«
»Das können dir andere besser sagen!«
Ich nickte. »Verstehe«, sagte ich.
Ich stand auf und ging zur Tür.
Sie folgte mir.
Als ich die Tür öffnete, faßte sie mich am Arm.
»Concord«, begann sie, »wenn ich zu dir sagen würde, daß du Loverboy nicht trauen sollst, was würdest du mir antworten?«
»Daß du dich täuschst! Loverboy ist mein bester Freund!«
Sie nickte und lächelte vielsagend.
»Wenigstens hab ich dir's gesagt! Du hast nämlich immer noch eine Chance!«
Dann schloß sie die Tür.

13. Kapitel

Als ich nach Hause kam, wartete dort Angela auf mich. Wir gingen auf mein Zimmer, und sie zeigte mir ihren Verlobungsring.
»Mensch, hast du das eigentlich schon gesehen?« fragte sie.
»Ja«, antwortete ich.
»Was meinst du dazu?«
»Ich finde ihn sehr hübsch!«
»Ach ja, sehr hübsch! Sehr hübsch!« äffte sie mich nach. »Verdammt, was soll ich bloß mit diesem Ding anfangen? Soll ich mir's vielleicht durch die Nase stecken, damit er mich wie Zuchtvieh daran herumzerren kann?«
»Er dachte, daß du das willst!«
»Warum versuchen mir eigentlich alle einzureden, was ich will? Soll das vielleicht meine Probleme lösen?«
»Weiß nicht«, sagte ich.
»Klar, du weißt es natürlich nicht, und ich auch nicht! Und so geht es unaufhörlich weiter. Klar, ein goldener Ring! Der wird alles wieder ins Lot bringen! Als Mrs. Loverboy Tallis wird sich alles in Wohlgefallen auflösen!«
»Was willst du denn sonst?« fragte ich.
»Verdammt noch mal, weiß ich's denn? Kann ich mir denn nicht selber genug sein, ohne die ganze Zeit nach etwas anderem verlangen zu müssen? Will ich dies? Will ich das? Ich weiß es wirklich nicht!« sagte sie und warf den Ring nach mir.
Er traf mich am Auge. Ich schrie vor Schmerz auf und preßte eine Hand auf die schmerzende Gesichtshälfte. Der Ring fiel auf den Teppich.
»Ach, Con!« Sie hielt mich fest. »Es tut mir ja so leid! Ist alles in Ordnung? Laß mich sehen!«
»Alles klar«, sagte ich. »Nichts passiert!«
»Laß sehen!«

Ich versuchte, mein Auge zu öffnen, aber es tränte entsetzlich. Ich setzte mich aufs Bett. Sie ließ sich neben mir nieder.
»Ach Gott«, seufzte sie, »was für ein Durcheinander!«
Ich stimmte ihr zu.
»Was soll ich bloß tun, Con?«
»Es ihm sagen!«
»Was soll ich ihm sagen?«
»Daß du ihn nicht heiraten willst!«
»Aber wie könnte ich das nach der langen Zeit? Und er ist doch so verdammt nett! So angenehm! So aufmerksam! So verdammt langweilig! Er kann sich immer über alles so verwundern und sein schüchternes ›Ja? Ja?‹ flöten!«
Ich faltete ein Taschentuch, hauchte es an und drückte es gegen mein Auge.
»Wenn es mit deinen Gefühlen so steht...«, begann ich.
»Ja, was dann?«
»Dann kannst du ihn doch nicht heiraten!«
»Aber was soll ich denn sonst tun? Zu Hause bleiben und die ganze beschissene Zeit über auf Paul aufpassen? Sein Geschnaufe regt mich noch mehr auf als Loverboy!«
»Was willst du dann?«
»Was...? Wenn du wüßtest, Con! Ich habe dieses merkwürdige Kribbeln in der Magengegend, als ob gleich etwas passieren wird! Etwas Schlimmes. Ich weiß auch nicht, was. Diese Ungewißheit bringt mich noch um!« Sie hob den Ring auf und steckte ihn wieder an den Finger. »Himmel! Du weißt doch, warum er mich mit aller Gewalt haben will!«
»Nein, warum?«
»Um in deiner Nähe bleiben zu können!«
»Ach, Quatsch!«
»Nein, stimmt! Er hat es mir selbst gesagt. Wenn wir verheiratet sind, sollst du bei uns einziehen. Du siehst, wie naiv er ist!«
»Du weißt doch, daß das alles Quatsch ist!«
»Ich weiß es, und du weißt es. Aber er...?«
»Weißt du, ich mag Loverboy und habe ihn schon immer

gemocht. Aber ich liebe ihn eben nicht wie... nun ja... du weißt schon!«
»Tu mir einen Gefallen, Con, und sag ihm das! Mir glaubt er's ja nicht!«
»Ja«, sagte ich.
Sie sah mich an und runzelte die Stirn. »Wolltest du mir nicht noch etwas anderes sagen?«
»Wann?«
»Eben jetzt! Du hast angefangen: ›Ich liebe Loverboy nicht wie...‹ und wolltest einen Namen sagen. Jemanden, den du wirklich sehr gern hast.«
»Ja«, sagte ich.
»Wen?«
»Cromwell Martin.«
»Liebt er dich auch?«
»Ja.«
»Hört sich an, als ob du dir sicher wärst!«
»Bin ich auch!«
»Mensch, hast du ein Glück! Da kann man nur noch Bauklötzchen staunen!« Sie lächelte. »Jetzt hör mir mal gut zu, erzähl Loverboy nichts davon! Wenigstens jetzt noch nicht. Er ist zu allem fähig!«
»Wie meinst du das?«
»Ich weiß nicht so recht, aber manchmal tut man eben das Unbegreifliche!«
»Doch nicht Loverboy!«
»Ein verwundetes Tier! Was macht dein Auge, Con?«
»Ich werd's überleben!«
»Ja, wahrscheinlich!«

Beim Abendessen sagte Mom: »Bin ich aber froh, daß du mich doch wenigstens noch gefragt hast, ob du mit einem Fremden einfach weggehen könntest!«
»Ich hab Papa schon gefragt!« erwiderte ich.
Dad nickte. »Ja, es wird ihm guttun«, sagte er, »wie alles, was ihn von dieser Klapsmühle hier fernhält!«

»Wie meinst du das?« fuhr ihn Mom an.
»Mensch, laß mich doch in Frieden!«
»Bin ich vielleicht schuld daran, daß wir so miteinander umgehen?«
»Du lieber Himmel!«
»Dann bin ich also allein schuld daran, wie?«
»Hab dir doch gesagt, daß ich nichts mehr darüber hören will!«
»Nun, das wirst du aber, ob du willst oder nicht!«
»Halt die Klappe, Frau!«
»Dies ist mein Haus so gut wie deins! Ich kann hier sagen, was mir paßt!«
»Ich warne dich...!«
»Ja?«
»Halt die Klappe!«
»Und wenn ich's nicht tue?«
»Faith!«
»Los, dann schlag mich doch! Zeig deinem Sohn, was für ein toller Kerl du bist! Nur zu!«
Dad sprang auf und warf seinen Teller an die Wand.
»Verdammt noch mal!« schrie er und stürmte hinaus. »Ich geh jetzt ins Wirtshaus!«
Wir saßen eine Weile schweigend da.
»Tja«, meinte Mama.
»Ich weiß jetzt alles!« sagte ich leise.
»Was denn?«
»Du weißt schon! Mama Zep hat mir alles erzählt!«
Mutter legte ihr Besteck auf den Tisch. »Aha, verstehe!«
»Alles: vom Brief, von den Lügen, von Petra Gerda und Steven Feather!«
Mutter vergrub das Gesicht in den Händen und seufzte. Dann rieb sie sich die Augen und sah mich an.
»Du meinst wohl, daß alles so einfach ist, wie? Das darf ja nicht wahr sein! Nach all den Jahren muß ich es mir gefallen lassen, von dir verurteilt zu werden!«
»Stimmt das, was sie mir erzählt hat?«

»Ich weiß nicht, aber wahrscheinlich schon! Sie hat keinen Grund zu lügen. Aber von einer Geschichte gibt es gewöhnlich so viele Versionen, wie Personen in ihr auftreten, Connie!«
Ich stand auf und sah haßerfüllt auf sie herab. »Du bist eine Hexe!« sagte ich.
Sie zuckte zusammen.
»Eine böse Hexe!«
Wieder zuckte sie zusammen.
»Eine verdammt bösartige Hexe!« schrie ich. »Ich möchte dich nicht mehr zur Mutter haben, ich brauch dich nicht mehr!«
»So kannst du nicht mit mir reden!« schrie sie und sprang auf. »Ich verbitte mir das. Ich hab dich nun mal zur Welt gebracht, ob dir's paßt oder nicht!«
»Ich weiß«, erwiderte ich, »das ist aber auch wirklich *alles*!«
Dann ging ich.

Ich holte Cromwell ab, um ihm die Burg zu zeigen.
»Den Raum habe ich mit Loverboy ausgebaut«, erklärte ich. »Es hat Jahre gedauert! Beinahe unser ganzes Leben. Ganz schön verrückt, wie?«
»Ja«, sagte er nur.
»Für uns ist es aber wichtig. Jeder Gegenstand hier drin hat seine eigene Geschichte.«
Cromwell setzte sich hin.
»Wie hübsch!« sagte er und berührte den blauen Delphin.
»Ein Geschenk von Loverboy.«
»Sehr schön.«
»Ja. Manchmal sehe ich alles mögliche darin: Gesichter, Orte ...«
»Eine Art Kristallkugel!«
»In gewisser Weise, ja. Ich mußte dich hierherbringen. Es war für mich wichtig, daß du es mit deinen eigenen Augen siehst. Ich will, daß du alles über mich erfährst, um mich zu

verstehen. Außerdem will ich dir alles erzählen, was ich jemals geträumt habe oder träumen wollte.«
Cromwell lächelte.
Orpheus flog eine Runde im Raum und ließ sich dann auf dem Drachenkopf nieder.
»Hast du das gemacht?« fragte Cromwell.
»Ja, es ist eine Maske.«
»Darf ich sie aufsetzen?«
»Wenn du willst!«
Er stülpte die Maske übers Gesicht.
»Ach, die Augen sind ja nur Löcher!« sagte er. »Von weitem sehen sie nämlich ganz echt aus.«
»Ja«, sagte ich. »Ich setze jetzt Wasser auf. Willst du eine Tasse Tee?«
»Ja bitte!«
Ich verschwand in einem dunklen Winkel.
Als ich Wasser in den Kessel laufen ließ, hörte ich Schritte. Ich blickte auf und sah Loverboy hereinkommen. Er schaute unverwandt auf die Gestalt mit der Drachenmaske.
»Ich möchte mit dir reden, Con!« sagte er, wobei er sich Cromwell näherte und ihm gegenüber Platz nahm. »Ich möchte bloß wissen, was hier vor sich geht!«
Der Drache schaute ihn an.
»Ich weiß auch nicht, es ist, als ob alles auseinanderbräche! Verstehst du, was ich meine, ja?«
Ich trat aus dem Schatten.
»Ja«, sagte ich.
Loverboy sprang entsetzt auf, als ob ich ein Gespenst wäre.
»Wer? Du! Wer bist dann du?« fragte er und sah Cromwell an. »Ich dachte…«
Ich lachte und ging zu ihm hinüber.
»Das ist Cromwell Martin«, stellte ich Cromwell vor, der die Maske abnahm.
»Hallo!« sagte Cromwell und streckte die Hand aus.

»Aber... aber...«, stammelte Loverboy.
»Aber was?« fragte ich.
»Das ist doch unsere Burg!«
»Ach, Tal...!«
»Doch, doch, wir haben noch nie jemand anderen hierhergebracht! In unser geheimes Versteck – wie wir's immer genannt haben –, und du warst doch einverstanden!«
»Jetzt sei bloß nicht albern, Tal! Cromwell und ich, wir sind doch...«
»Ich will's gar nicht wissen!«
»Tal!«
»Du Scheißkerl!«
Loverboy versetzte mir einen solchen Stoß, daß ich der Länge nach hinfiel.
»Dann hast du mich also auch im Stich gelassen!« schrie er. »Ich hasse dich!« Er packte den blauen Delphin und warf ihn nach mir. Ich konnte ihm gerade noch rechtzeitig ausweichen. Die Glasfigur zersprang in tausend Splitter, die sich über den ganzen Boden verteilten. »Du verdammter, hinterhältiger Scheißkerl!«
Loverboy rannte hinaus.
»Tut mir leid!« sagte ich zu Cromwell.
»Ich frage mich, was in ihn gefahren ist?«
»Eifersucht!«
»Dämonen!«
»Genau!«

»Sehr wahrscheinlich sehen wir uns schon am Wochenende wieder«, sagte Helen. »Ich möchte so schnell wie möglich zurück!«
Wir nickten.
Helen blickte uns an.
»Was ist los?« fragte sie.
Ich erzählte ihr von meinem Streit mit Loverboy.
»Aha, verstehe«, sagte sie und nickte. »Hat dir wohl einen Schreck versetzt?«

»Ja«, erwiderte ich.
»Du hast plötzlich etwas bei ihm entdeckt, was du nicht für möglich gehalten hast! Nun, daran mußt du dich gewöhnen! Menschen haben eben viele Gesichter!«
»Aber Loverboy...«
»Du versuchst, Gefühle zu verstehen! Verlorne Liebesmüh! Es gibt keine Erklärung dafür. Ich sah einmal einer Schar Spatzen zu. Sie pickten vergnügt und friedlich die Brotkrumen vom Boden auf, bis sie plötzlich einen kleinen Spatzen anzugreifen begannen, und zwar alle gleichzeitig, wie auf ein geheimes Zeichen hin. Ich versuchte, dem Vogel zu helfen, der schon halbtot war – seine Artgenossen hatten mit ihren Schnäbeln ein richtiges Blutbad angerichtet. Nun, ich päppelte das Vögelchen bei mir in der Wohnung wieder auf, bis seine Wunden verheilt waren. Dann ließ ich ihn wieder frei. Kaum war er draußen, als sich plötzlich gleichsam aus dem Nichts die anderen Spatzen auf ihn stürzten und ihn wieder angriffen. Dieses Mal war ich zu langsam. Als ich ihm zu Hilfe kommen wollte, war er schon tot. Kannst du mir das erklären?«
»Nein«, erwiderte ich.
»Natürlich nicht. Deshalb versuch, nicht zuviel über diese Dinge nachzugrübeln! Das ist gefährlich! Lerne, dich einzufühlen, und verlaß dich auf dein Gefühl!«
Ich hielt Cromwells Hand.
»Die kommende Woche solltest du als eine Reise betrachten mit dem Ziel, Menschen zu entdecken!« sagte sie.
»Welche Menschen?« fragte ich.
»Ihr beide sollt euch kennenlernen«, meinte sie, »und vielleicht begegnet ihr sogar noch einer dritten Person.«
Ich sah sie stirnrunzelnd an.
»Einer dritten Person?«
»Gibt es nicht immer noch einen Dritten, der einen Schatten wirft?« fragte Helen.
Ich bejahte es.
»Dann sucht ihn!« sagte sie.

Als ich nach Hause kam, stand die Eingangstür offen. Dad wollte gerade weggehen. Er stieß mich in die Rippen, als er mich sah.
»*Deine* Schuld«, sagte er. »Ich weiß nicht, was mit ihr los ist! Aber offenbar machst du sie ganz verrückt, und ich will, daß das aufhört! Hast du mich verstanden? Ich will, daß endlich Schluß damit ist!«
Er rauschte an mir vorbei zur Tür hinaus.
Mom war im Garten oder vielmehr in dem, was davon übriggeblieben war. Sie hatte alles abgehackt und die Pflanzen an den Wurzeln herausgezogen. Die ganze Blumenpracht war zum Teufel.
»So stelle ich mir das vor!« sagte sie zu mir, ihre Hände waren blutüberströmt, und sie atmete schwer. »Alles zum Teufel! So stelle ich mir deinen Garten vor!«
Sie ging in die Küche und wusch sich die Hände.
»Mich verurteilen!« murmelte sie vor sich hin. »Nach allem, was ich für dich getan habe! Aber es ist mir völlig egal! Hast du mich verstanden? Total schnuppe! Du kannst dir ja gar nicht vorstellen, was ich durchgemacht habe! Meinst du wirklich, daß es leicht für mich gewesen ist?« Sie wischte sich die Hände an einem Küchentuch ab. »Wenn ich damals vorausgeahnt hätte, was ich heute weiß... Meinst du denn, daß ich nichts geändert hätte, wenn ich dazu in der Lage gewesen wäre? Glaubst du, daß ich die einzige bin, die schuld hat? Glaubst du das wirklich?«
Sie ging nach oben, ohne meine Antwort abzuwarten.
Ich atmete den Geruch der zerdrückten Blumen ein.

Am darauffolgenden Morgen ging ich noch einmal bei Mama Zep vorbei, bevor ich mich mit Cromwell traf.
Ich erzählte ihr von Mom.
»Ja, ja«, sagte sie nachdenklich.
»Ist das alles, was du dazu zu sagen hast?«
»Was wäre sonst noch dazu zu sagen?«

Seufzend setzte ich mich. »Ich fahre gleich mit Cromwell fort. Wir werden etwa eine Woche weg sein.«
»Hab schon davon gehört!«
Ich mußte immer noch an Mom denken.
»Weißt du, ich glaube, daß sie sich noch einmal gerne mit allen treffen würde. Nur zusammentreffen, um ihnen alles mögliche zu sagen.«
»Was denn?«
Ich zuckte mit den Achseln.
»Ich weiß auch nicht«, entgegnete ich. »Wahrscheinlich, daß es ihr leid tut.«
»Weißt du«, erwiderte Mama Zep, »wenn du dir von Herzen wünschst, jemandem zu begegnen, dann geht dieser Wunsch auch in Erfüllung, und selbst wenn wir diesen Menschen verlieren, sehen wir ihn bestimmt wieder!«

Vierter Teil

Wer hat Angst vorm schwarzen Mann

14. Kapitel

Bei unserer Geburt sind wir Zauberwesen. Wenn wir zur Welt kommen, sind wir noch geblendet von den Geheimnissen, die uns ein Tierkreis aus Blut zugeraunt hat. Im Mutterleib schwimmen Blutzellen zu unseren Augen herein und heraus wie winzige Kometen, die uns mit Geschichten beschenken: den Legenden der Dinge, ihren Namen; und wenn wir uns dann den Weg aus unserer geweihten Fruchtblase herausbahnen, sind wir schon Zauberer. Wir schreien, aber nicht vor Schmerz oder Angst, sondern vor Staunen über die Wunder, die wir vielleicht zu vollbringen haben. Und das größte und wunderbarste all dieser Wunder ist die Liebe.

Wir werden geboren mit der Fähigkeit zu lieben. Zu lieben und geliebt zu werden. Gezeugt in Liebe, atmen wir die Liebe ein, wie wir einst Blut atmeten. Diese Liebe schimmert über uns wie ein quecksilbriger Heiligenschein. Sie dringt in unsere Augen, macht den Blick klar, dringt ins Gehirn, um uns Wissen zu spenden. Die Liebe umgibt und beschützt uns. Wir sind voller Zuversicht und sicher geborgen in dem Bewußtsein, daß unsere Pilgerfahrt schon begonnen hat. Jede Form von Magie trachtet nach anderen Formen von Magie, das liegt in der Natur der Sache. Unser Leben wird zur Reise, die dem Alleinsein ein Ende bereitet.

Wenn wir geboren werden, sind wir alle wunderbar. Aber mit der Zeit bekommen wir Masken, werden Straßen um uns herum errichtet. Mauern und Lügen engen uns ein, machen uns zu Gefangenen unserer eigenen Vernunft, lassen Herzen zu Stein erstarren, bis die Magie – die einst so hell funkelte – in unserem Gemüt dunkel und blasig wird und brennenden Schmerz hervorruft. Wir fangen an, uns überflüssig und mißgestaltet vorzukommen, werden bitter, weil unsere Kräfte ungenutzt verrotten. Unsere Magie ent-

fremdet uns, macht uns zu Parias und Störenfrieden, Engel werden zu Schreckgespenstern. Schließlich ziehen wir uns in uns selbst zurück, sinken immer mehr ab. Endgültig gebrochen, verleugnen wir unsere Magie und den Wunderglauben, bis wir schließlich völlig hilflos sind.
Wenn wir geboren werden, sind wir liebende Zauberwesen voller Wunder. Aber überall umgibt uns Dunkelheit und Dummheit, bis uns dann eines Tages jemand Monster oder Teufel nennt und wir ihm auch noch glauben.

15. Kapitel

»Erzähl mir von dir!« sagte ich zu Cromwell Martin. »Los, sprich mit mir! Verrat mir deine Geheimnisse! Ich will alles über dein Leben erfahren, was du getan, welche Leute du kennengelernt hast, wo du überall gewesen bist! Ich will in deinen Schädel eindringen, um zu ergründen, was dich im Innersten bewegt, und es mit dir teilen! Ich möchte wissen, was du träumst!«
Wir lagen zusammen im Bett. Unsere erste Nacht auf dem Lande. Das Fenster stand offen, und ein sanfter Sommerwind wehte über uns hin.
»Meine Träume?« fragte Cromwell.
»Ja, sag, was träumst du?«
»Als Kind hatte ich beinahe jede Nacht denselben Traum. Kein Alptraum, ein versöhnlicher Traum, der mir wahrscheinlich Kraft gab.«
»Erzähl!« sagte ich.
»Ich hatte mich in einem Wald verirrt. Einem wunderschönen Wald mit hohen Bäumen voller Blüten. Um mich herum waren alle Arten von Vögeln: Pelikane, Seemöwen, Stare, Amseln und Spatzen. Obwohl ich mich verirrt hatte, fürchtete ich mich nicht, sondern fühlte mich geborgen. Ich gehörte dorthin.«

»Erzähl mir noch mehr über dich«, bat ich. »Hast du dich denn nie nach deinem Vater gesehnt?«
»Nein«, flüsterte er. »Eigentlich nicht. Ich dachte nie an ihn, und Helen hat ihn kaum einmal erwähnt. Ich war glücklich mit ihr. Klingt das seltsam?«
»Ja.«
»Ist es wahrscheinlich auch. Ich weiß nicht, aber ich war immer so zufrieden mit Tante Helen. Ja, was läßt sich schon viel über das eigene Leben sagen? Du lebst, und das ist es dann wohl! Ich wuchs heran. Ging zur Schule. Hatte nie einen richtigen Freund. In der Schule wurde ich immer für das getadelt, was andere angestellt hatten. Wahrscheinlich ist mein Aussehen daran schuld: durchtrieben, finster, was weiß ich! Die Schule war für mich kein Honigschlecken!«
»Und du warst immer allein?«
»Die meiste Zeit. Ja, es gab noch diese Freundin meiner Tante! Aber das ist schon lange her. Ich kann mich nicht mehr richtig an sie erinnern.«
»Wann war das?«
»Ach, sie blieb eine Zeitlang bei uns, als ich noch jünger war. Aber dann passierte etwas...«
»Was?«
»Ich weiß nicht mehr.«
»Ist sie fortgegangen?«
»Ich hab's vergessen. Ich glaube, sie ist einfach verschwunden, aber ich bin mir nicht sicher. Es passierte, als ich ungefähr sieben war. Ich weiß nur noch, daß meine Tante es sich ziemlich zu Herzen nahm. Die Frau war nämlich ihr Modell gewesen. Meines Wissens sind immer noch ein paar Skulpturen von ihr im Atelier.«
»Kannst du dich denn an nichts mehr von ihr erinnern?«
»Sie war sehr schön!«
»Und weiter?«
»Sie hatte eigenartige Augen, mit denen sie durch einen hindurchsah. Stechend blaue Augen. Wie aus farbigem Glas. Ach ja, ich weiß auch noch ihren Namen...«

»Hieß sie Petra?« fragte ich.
»Ja, genau! Kennst du sie vielleicht?«
»Ich bin dabei, sie kennenzulernen«, erwiderte ich.

Am nächsten Morgen sagte ich beim Frühstück: »Es kommt mir so seltsam vor, daß ich Bäume sehe, wenn ich zum Fenster hinausschaue. Sonst sehe ich nur Ziegelmauern!«
»Ich bin wahnsinnig gerne hier! Ich gehöre wirklich aufs Land. Von meiner Tante weiß ich, daß es ihr genauso ergangen ist, als sie zum ersten Mal hierherkam. Damals war es noch ein Bauernhof gewesen. Sie war hier während des Krieges evakuiert und kehrte dann später zurück.«
»Ich weiß.«
»Du scheinst ja schon eine ganze Menge von uns zu wissen!«
»Aber noch nicht genug. Ich will alles wissen!«
Orpheus pickte die Brotkrumen vom Tisch. Als Cromwell mit der Zunge schnalzte, ließ sich der Vogel auf seiner Schulter nieder.
»Meine Tante erzählte mir, daß ich als Kind immer mit den Tieren sprach. Ich erinnere mich nicht mehr daran oder nicht mehr an alles. Ich weiß nur noch, daß die Tiere, von denen ich umgeben war, immer sehr zutraulich waren. Ich saß die ganze Zeit im Wald, und dann kamen sie eben zu mir her. Die Bauern benutzten mich dazu, die Krähen von ihren Äckern fernzuhalten: Ich näherte mich dem Feld und sagte etwas, worauf dann die Vögel wegflogen. Sie gehorchten mir bei allem. Schon damals also eine Vogelscheuche! Später in der Schule nannten sie mich dann so, und allmählich sah ich wahrscheinlich auch so aus!«
»Nein, stimmt nicht«, erwiderte ich. »Du siehst überhaupt nicht so aus!«
»So ähnlich tröstete mich auch meine Tante!«
Ich griff über den Tisch nach seiner Hand.
»Wie habe ich es bloß ausgehalten, bevor ich dich getroffen habe?« sagte ich. »Ich kann mir jetzt nicht mehr vorstellen,

ohne dich zu leben! All die abgedroschenen Klischees sind wahr!«
»Was tun wir heute?« fragte er.
»Reden!« rief ich.

Wir saßen im Wald. Die Erde war feucht. Die Gerüche waren neu, ohne Erinnerungen für mich,
»Ich habe mich oft gefragt, warum mich in der Schule keiner leiden konnte«, fing Cromwell an. »Ich habe die anderen nämlich gemocht oder wenigstens nicht gehaßt. Sie aber haßten mich. Auf dem Schulhof wurde ich regelmäßig verprügelt. Einmal stopften sie mir sogar einen Frosch ins Hemd und schlugen ihn auf meinem Rücken zu Brei. Ich kann es immer noch fühlen. Es gibt keine andere Erklärung dafür, als daß sie mir weh tun und mich leiden lassen wollten, um sich dadurch besser zu fühlen. Irgendwie stärker. Ja, es gab ihnen Kraft, wenn sie mich verletzen konnten.«
»Warst du deswegen traurig?«
»Ach nein, ich hatte doch Tante Helen! Nein, ich war nicht traurig, ich war glücklich. Jedenfalls glücklicher als irgendeiner von ihnen. Nein, sie ärgerten mich auch nicht, sondern verwirrten mich nur. Im Grunde taten sie mir leid. Ich durchschaute sie nämlich und wußte, wie sie wirklich waren.«
»Vielleicht haßten sie dich deswegen so sehr!«
»Ich weiß nicht.«
»Was hat Helen dazu gesagt?«
Lächelnd erwiderte er: »Sie meinte, daß ich mir von ihnen nichts gefallen lassen sollte. Es sei gut, daß ich über ihre Beschränktheit hinaussehen könnte.«
Ich nickte und drückte ihm die Hand.
»Ich glaube, daraus kann ich noch etwas lernen«, sagte ich. »Es genügt nicht, die Dinge nur zu erkennen, man muß manchmal durch sie hindurchsehen. Durch sie hindurch auf das, was dahinter liegt! Nur daß ich mich im Augenblick wie gefangen fühle.«

»Wodurch?«
»Durch längst Vergangenes.«
»Aber du hattest doch nicht daran teil!«
»Ich habe mich aber zu einem Teil davon *gemacht.*«
»Warum eigentlich?«
»Weil die Geschichte offenbar endlos ist«, erwiderte ich. »Alles miteinander verkettet, und sie geht ewig weiter…«
»Na und?«
»Ich weiß auch nicht«, sagte ich. »Ich will ja nur das Rätsel lösen! Ist das zuviel verlangt?«

»Erzähl mir was von dir«, forderte Cromwell mich auf. »Los, sprich mit mir. Verrat mir deine Geheimnisse. Ich will alles wissen, was du jemals getan hast. Ich will in deinen Schädel eindringen, um zu erfahren, was du träumst!«
Wir lagen zusammen im Bett. Es war die letzte Nacht allein. Die Nacht vor Helens Rückkehr. Das Fenster stand offen, und ein sanfter Sommerwind wehte über uns hin.
»Meine Träume…«, sagte ich.

16. Kapitel

Dieser Traum wird mir unvergeßlich bleiben:
Es war Nacht, und ich sah mit meinen Eltern fern. Dad wiegte mich auf seinem Schoß. Plötzlich hörten wir draußen Lärm: Gekreische, Schreie, Gerenne.
»Was ist denn passiert?« fragte ich.
»Ich weiß nicht«, sagte Dad und stellte mich auf den Boden.
Gemeinsam gingen wir zur Haustür.
Von panischer Furcht ergriffen, rannten ein paar Nachbarn an uns vorbei die Straße entlang. Manche von ihnen nur halb bekleidet. Alle waren in Panik.

»Macht, daß ihr fortkommt!« schrien sie herüber.
»Warum?« fragte Dad.
»Das Monster, der Teufel, der Leibhaftige kommt!« schrien sie.
»Fühlt ihr's denn nicht? Die Erde bebt. Wir haben's ja schon immer vorausgesagt! Nun ist es soweit!«
»Wo ist das Monster?«
»In dem Haus dort!« schrien sie und deuteten die Straße hinunter. »Dort drinnen! All die Jahre war's dort versteckt, ohne daß wir's wußten. Ihr müßt um euer Leben laufen!«
Aber wir rannten nicht davon.
Statt dessen sagte Dad: »Ich hab keine Angst. Los, kommt schon!«
Hand in Hand bahnten wir uns einen Weg durch die flüchtende Menge, bis wir vor dem Haus in der Mitte der Straße standen.
Die Straße unter unseren Füßen bebte. Als wir zum Haus aufsahen, fing es an auseinanderzubrechen. Ziegel fielen aufs Pflaster. Fenster explodierten. Schieferplatten fielen vom Dach herunter und zerschellten um uns herum auf dem Boden.
»Nein, ich kann hier nicht stehenbleiben!« schrie Mom.
»Bleib!« befahl Dad ihr und hielt sie fest. Er drückte ihre Hand so sehr, daß sie vor Schmerz aufschrie. »Du bleibst!«
Plötzlich flog mit donnerndem Getöse das Hausdach herunter. Der Lärm war so entsetzlich, daß mir davon schlecht wurde. Ein riesiges, geflügeltes Ungeheuer erhob sich aus dem Innern des Hauses Hunderte von Metern in die Luft. Ein gigantisches Ungeheuer mit gelben Fangzähnen und Klauen, von dem Heuschrecken und Ratten herunterfielen. Überall auf seinem abscheulichen Leib krochen Fliegen herum und wanden sich Würmer.
Das Monster drehte sich langsam um und blickte auf uns herab. Seine Lippen verzogen sich zu einem boshaften Grinsen.
Dann fing es an, auf etwas zu deuten. Mit einem riesigen,

mißgestalteten Finger, den es in unsere Richtung bewegte, klagte es uns an.
Das Monster wird auf Mom deuten, dachte ich. Na endlich! Nun wird jeder erfahren, wer sie wirklich ist.
Aber nichts dergleichen.
Das Monster zeigte auf mich!

17. Kapitel

Helen setzte sich mir gegenüber an den Küchentisch. Cromwell war schlafen gegangen.
Sie nahm die Teebeutel aus den Tassen und goß Milch hinein, gab mir meine Tasse und lächelte.
»Ihr habt's euch hier gutgehen lassen, wie?« fragte sie.
»O ja«, sagte ich.
»Cromwell sieht blendend aus. Du tust ihm gut, Connie! Dafür bin ich dir dankbar. Irgendwie habe ich mir eingebildet, ihn zu verlieren. Aber du hast ihn mir wiedergebracht!«
Ich schlürfte meinen Tee.
»Also wissen Sie...«, fing ich an.
»Was denn?«
»Mama Zep hat mir alles mögliche erzählt.«
»Alles mögliche?«
»Was alles passiert ist.«
Ihr Gesichtsausdruck veränderte sich nicht. Sie schaute mich nur erwartungsvoll an.
»Ja und?« fragte sie.
»Was sich früher zugetragen hat. Zwischen meiner Mutter und Cromwells Mutter.«
»Ja, das dachte ich mir!«
»Warum haben Sie dann nichts gesagt, obwohl Sie es doch auch wußten? Warum haben Sie mir denn nichts über Petra Gerda erzählt?«

»Was hätte ich von ihr erzählen sollen?«
»Daß Sie mit ihr hier zusammengelebt haben.«
Helen seufzte und lehnte sich in ihrem Stuhl zurück. Das Holz ächzte unter ihrem Gewicht. Sie starrte in die Dampfwolke, die aus ihrem Tee emporstieg.
»Ach, ich weiß nicht, warum dir Zep das alles erzählt hat! Warum nur? Wozu soll das gut sein? So eine naseweise alte Hexe! Paß auf, Connie! Du kannst deine Nachforschungen natürlich endlos vorantreiben, weil Geschichten nicht aufhören und nur immer wieder in andere Geschichten übergehen!«
»Genau das ist aber der springende Punkt«, sagte ich. »Es ist nun auch meine Geschichte geworden. Deswegen lasse ich nicht locker. Angefangen hat es mit der Geschichte von Mama Zep und ihrer Fähigkeit, Gespenster zu sehen. Dann wurde es zur Geschichte von Mama Zep und Judge, von Jessica und Gabriel, von Rachel und Petra, Judge und Steven und schließlich zur Geschichte meiner Mutter. Ich habe mich nun ebenfalls angeschlossen und bin zu einem Teil des Ganzen geworden. Können Sie denn nicht verstehen, daß es nun die Geschichte von Cromwell und mir ist? Von mir und Cromwell? Sie haben recht, die Geschichte geht immer weiter, deswegen kann ich sie auch nicht einfach auf sich beruhen lassen. Ich forsche weiter, bis sich daraus ein Sinn ergibt.«
»Da wirst du allerdings noch lange warten müssen!« Sie nahm einen Schluck aus ihrer Tasse.
Nach einer Pause fuhr ich fort: »Erzählen Sie mir von Petra!«
»Ach, Petra!« sagte Helen mit sanfter Stimme. »Du mußt wissen, daß sie nicht meinetwegen herkam, sondern um Cromwell zu sehen. Den kleinen Cromwell, das einzige Bindeglied zu Rachel, das ihr geblieben war, und sie liebte Rachel immer noch.«
»Was für ein Mensch war sie denn?«
»Du meinst Petra?«

»Ja.«
»Oh, wie soll ich das beschreiben? Petra bedeutete für jeden etwas anderes. Die Leute sahen in ihr, was sie sehen wollten. Sie war eine Art Spiegel für sie, eine Art Selbsterfahrung.«
»Was war sie für Sie?«
»Eine Frau, die ich liebte und die meine Liebe erwiderte. Für mich war es Liebe auf den ersten Blick. Es erging mir mit ihr wie dir mit Cromwell. Ich habe sie seitdem geliebt. Bei einer solchen Liebe gibt es kein Entrinnen.«
»Viele scheinen sie zu lieben und zu hassen.«
»Ja, sie war diese Art von Mensch.« Helen sah mich an und lächelte. »Willst du nun wissen, was passierte, was aus Petra Gerda wurde?«
»O ja, erzählen Sie!« sagte ich.
»Sie kam hierher, um Cromwell aufzusuchen. Sie war fix und fertig wegen Rachel. Aber als sie erst einmal hier war, kam sie auch bald darüber hinweg. All dies gehörte zu Petra! Ach, ich war ja so verliebt in sie! Mein Leben bekam erst einen Sinn, als ich ihre Geliebte wurde. Sie blieb sieben Jahre lang. Was gibt es über diese Zeit schon viel zu berichten? Ich durchlebte sie und damit basta. Cromwell wuchs heran. Petra erzählte von deiner Mutter, von Judge und Rachel, und wie sie betrogen worden war. Sie sagte, daß sie dieses oder jenes hätte tun sollen, was leider unterblieben war. Und so zerrinnt das Leben – konturenlos.
An Cromwells siebtem Geburtstag verschwand sie dann. Schon den ganzen Tag über war sie in einer seltsamen Stimmung gewesen. Irgendwie geistesabwesend.« Helen blickte zum Fenster hinaus. »Wir gingen im Wald spazieren. Ich weiß noch, daß Cromwell herumtollte und sich in Haufen von herabgefallenem Laub versteckte. Es war sein Lieblingsspiel: Er vergrub sich, und wir mußten ihn suchen. Dann war Petra an der Reihe. Ich beobachtete sie sehr genau, sah, wie sie in einen Blätterhaufen fiel. Die Blätter bedeckten sie. Bevor sie völlig begraben war, winkte sie mir

noch einmal zu und lächelte. Ein seltsames Lächeln! Dann mußten wir sie suchen.«
»Aber ihr habt sie nicht gefunden!«
»Nein«, sagte Helen und sah mich an. »Nein, wir fanden sie nicht. Wir streuten die Blätter um uns herum. Ich war ganz außer mir und rief ihren Namen. Aber sie war weg, und ich habe sie seither nicht mehr gesehen. Ich glaube, daß sie einfach genug hatte. Sie kroch in die Blätter und entschloß sich zu verschwinden.«
»Tut mir leid!« sagte ich.
»Mir auch!« Sie sah mich unverwandt an. »Seltsam, vor deinem Auftauchen spürte ich, daß Cromwell auf dem besten Weg wäre, dasselbe Schicksal zu erleiden wie Petra und plötzlich unsichtbar zu werden. Direkt vor meinen Augen.«
»Aber nun ist er wieder zurückgekehrt!«
»Ja.« Sie ergriff meine Hand. »O ja!«
»Aber da ist noch etwas anderes«, sagte ich.
»Was meinst du?«
»Der kleine Star!«
»Du meinst Steven Feather!« flüsterte sie.
»Ja, Steven Feather.«
»Ach, laß die Finger davon, Con! Das hilft dir auch nicht weiter!«
»Das muß ich wissen!«
»Nein!«
»Doch, wirklich!«
»Aber dies hat doch nun wirklich nichts mehr mit dir zu tun! Wirklich überhaupt nichts!«
»Meine Mutter hat es Stevens Eltern verraten...«
Sie nickte.
»...und für Judge und Steven alles zerstört!«
»Ja.«
»Steven ist davongelaufen!«
»Aber...«
»Er kam hierher, nicht wahr?«

Sie nickte.
»Lebt er noch?«
»Ja, er lebt noch«, erwiderte sie.
»Wissen Sie auch, wo er ist?«
»Ja.«
»Ich möchte ihn sehen, Helen, ich muß mit ihm sprechen und Antworten auf ein paar Fragen bekommen... Verraten Sie mir, wo er ist?«
Sie ließ meine Hand los und stand auf.
»Wozu soll das gut sein, Connie? Du reibst dich damit doch nur selber auf! Warum tust du das? Es ist doch vorüber!«
»Nein, das ist es eben nicht! Es geht immer noch weiter. In meiner Beziehung zu Cromwell. Wenn wir schon das letzte Glied in der Kette sind, will ich dem Ganzen wenigstens einen Sinn geben und die Dinge verändern!«
»Ach, verändern!« murmelte sie leise.
»Ich will, daß Cromwell Steven kennenlernt.«
»Ach, wozu sollte denn das noch gut sein?«
»Cromwell ist Judge Martins Sohn!«
»Dessen bin ich mir auch bewußt!« Sie ließ sich nieder, als ob sie völlig erschöpft wäre. »Ach Connie, Connie!«
»Wo ist Steven Feather?«
»Du denkst nur an dich selbst!«
»Ich weiß.«
Eine Weile sagte keiner etwas.
»Was glaubst du denn von Steven noch erfahren zu können, was du nicht schon weißt?«
»Geheimnisse«, erwiderte ich.
»Ein entsetzliches Unterfangen!«
Wieder schwiegen wir beide.
»Nun, verraten Sie mir's?«
»Hm.«

18. Kapitel

Ich ging mit Cromwell am Strand spazieren, und wir schleckten jeder ein Eis. Der Himmel war ein endloses, schales Blau. Der Sandstrand war übersät mit Urlaubern.

»Wonach schaust du eigentlich?« fragte Cromwell.

»Was meinst du?«

»Du grast mit deinen Blicken den ganzen Strand ab! Hast du etwas verloren?«

»Ach so«, sagte ich lachend. »Nein, das nun nicht gerade, aber ich bin zum ersten Mal hier und will alles in mich aufnehmen!«

»Das tust du ja wahrhaftig!«

Seemöwen umkreisten kreischend unsere Köpfe, weiße Flecken auf dem endlosen Blau. Sand und Kies drangen in unsere Schuhe, als wir uns einen Weg durch das Labyrinth von Liegestühlen bahnten.

»Ach, laß uns wieder zurückgehen!« quengelte Cromwell.

»Warum?«

»Ich bekomme einen Sonnenbrand!«

»Jetzt noch nicht«, sagte ich.

»Was ist denn bloß in dich gefahren?«

»Gefällt es dir hier etwa nicht?«

»Nein!«

»Hör mal zu«, sagte ich, um ihn zu beruhigen. »Hier gibt's irgendwo ein Kasperletheater. Das schauen wir uns noch an und gehen dann! Einverstanden?«

»Aber ich will nicht...«

»Bitte, Crom! Dann gehen wir ganz bestimmt, ich versprech dir's!«

Er seufzte tief und trottete dann neben mir weiter.

Als das Eis schließlich geschmolzen und uns über Finger und Arme herabgetropft war, kauften wir Zuckerwatte. Cromwells Stimmung besserte sich zusehends, als er den

rosa Flaum lutschte. Er fing an zu lachen und hielt mich an der Hand.
Auch Orpheus pickte verstohlen an der Watte herum.
Wir mußten lachen.
Dann sah ich es.
»Dort drüben!« rief ich. »Dort drüben ist es!«
Etwas abseits lag ein kleiner, betonierter Platz mit einem Kasperletheater, in dem gerade etwas aufgeführt wurde. Kinder saßen davor und schauten zu.
Ich schob Cromwell nach vorn, damit er besser sehen konnte. Ich stellte mich hinter ihn, rückte etwas nach links und wartete. Ein paar Erwachsene beschwerten sich bei uns, daß wir ihren Kindern die Sicht verstellten. Aber ich scherte mich nicht darum.
Kasperle schlug Gretel.
Schau ihn dir an! dachte ich. Los, schau ihn dir an!
Kasperle und das Krokodil.
Mein Gott, so schau ihn dir doch an!
Das Krokodil, allein, mit Würsten im Maul.
Dann starrte das Krokodil in den Zuschauerraum hinaus und schien Cromwell zu sehen. Seine Kiefer klafften auseinander, die Würste fielen auf den Boden herab. Ein paar Kinder kicherten und schauten Cromwell an. Sie erwarteten eine Reaktion von ihm, als ob er zu der Aufführung dazugehörte.
Das Krokodil starrte Cromwell unverwandt an.
Ja, dachte ich. Er ist es. Ich habe ihn dir wiedergebracht! Die wir verlieren, aber immer noch von ganzem Herzen lieben, werden wir wiedersehen!
»Was ist denn los?« murmelte Cromwell.
Aber die Vorführung nahm nun wieder ihren normalen Verlauf. Die Kinder saßen gefesselt da, als ob nichts geschehen wäre.
Dann war die Vorstellung zu Ende, und die Zuschauer zerstreuten sich.
»Komm, laß uns jetzt gehen!« sagte Cromwell.

»Noch einen Augenblick!«

Ich starrte auf die gestreifte Bude des Kasperletheaters. Hinter den Zeltplanen im Inneren des Theaters bewegte sich etwas.

Komm heraus, sagte ich zu mir selbst, so komm doch endlich heraus!

Plötzlich ging eine Klappe an der Seite auf, und ein kleiner Mann erschien. Sein Gesicht war knallrot, der Schädel völlig kahl. Er hatte ein blau-weiß gestreiftes T-Shirt an und weiße Hosen.

Er wischte sich die Hände an einem Handtuch ab, als er zu uns herüberkam.

»Na so was!« murmelte er vor sich hin.

»Hallo!« sagte ich.

»Du siehst ja genauso aus wie dein Vater, als er in deinem Alter war!« sagte er zu Cromwell.

»Helen hat mir erzählt, wo ich Sie finde!« erklärte ich.

Er nickte.

»Wissen Sie«, fing ich wieder an, »Judge ist tot. Ich habe seine Leiche gefunden. Das heißt, zusammen mit Mama Zep.«

»Tot?« Steven runzelte die Stirn. »Tot?«

»Man hat mir alles erzählt«, fuhr ich fort, »und ich mußte Sie unbedingt hier aufsuchen. Ich liebe nämlich Cromwell!«

»Ach so, verstehe!«

»Ich muß noch alles mögliche herausbringen!«

»Was genau?«

»Ich weiß nicht. Das ist es ja! Ich höre nur zu. Höre mir Geschichten an, die für mich aber keinen Sinn ergeben. Endlose Geschichten, die sich laufend verändern...«

»Und nun bist du selbst zu einem Teil dieser Geschichte geworden!«

»Ja, genau!« Ich hielt inne.

»Nun?«

»Meine Mutter...«

»Ja?«
»Sie hat's Ihren Eltern verraten. Das von Ihnen und Judge!«
»Wirklich?«
»Ich muß es nämlich wissen!«
»Hm. Nun...« Er kicherte verschämt. »Ihr hättet beinahe die Show gekippt, wie?«
»Kennt ihr euch?« fragte Cromwell.
»O ja«, sagte ich. »Sogar sehr gut!« Ich streckte meine Hand aus und sagte: »Ich bin Concord Webster!«
»So, so«, erwiderte er und sah Cromwell an, »dann bist du also Judge Martins Sohn?«
»Ja«, antwortete Cromwell.
»Ein weiter Weg bis zu Ihnen«, sagte ich.
»Ja, sicher!« entgegnete er. »Kommt ihr mit zu mir? Wahrscheinlich wollt ihr mit mir sprechen.«
»Ja«, sagte ich.
»Was geht hier eigentlich vor?« fragte Cromwell.
»Das ist Steven Feather!« erklärte ich ihm.
Dann wartete ich auf eine Reaktion.
Cromwell blinzelte.
»Ich liebte deinen Vater«, sagte Steven. »Vor vielen Jahren!«

Stevens Haus war voller Puppen und Marionetten. Wir setzten uns ins Wohnzimmer und tranken Limonade. Steven konnte sich an Cromwell nicht satt sehen.
»Was gibt es da noch groß zu erzählen? Deine Mutter hatte es damals meinen Eltern gesagt! So einfach war das. Nur daß sie damals noch nicht deine Mutter war. Sie erzählte es meinen Eltern, und danach war der Teufel los!«
»Meine Mom hat Ihnen alles vermasselt!«
»Nun, der...«
»Meine Mom...«
»Ach, was willst du denn immer mit deiner Mutter? Warum meinst du, daß deine geschätzte kleine Mutter dabei so

wichtig war? Was war denn deine Mutter? Nichts! Jawohl, nichts. Keiner hat sich für deine Mutter interessiert! Ach, sie hat mir leid getan. Und mehr oder weniger ging es uns allen so. Darum haben wir ihr wahrscheinlich auch so vertraut, weil wir sie nie so richtig ernst genommen haben. Sie wurde von allen benutzt. Ja, von allen! Und dabei brauchte sie uns alle so sehr. Ach, die arme Faith Niven! Keiner von uns hat es ihr so richtig verübelt. Nicht wirklich. Weißt du, sie hatte ja nichts. Absolut nichts! Und als sie dann noch das wenige, das ihr gehörte, zu verlieren drohte – nämlich Rachel –, drehte sie einfach durch!

Zu guter Letzt erwies ich mich allerdings als der Schwächere, bekanntlich machte ich mich ja aus dem Staub, als es herauskam. Aber... meine Eltern machten mir auch wirklich das Leben zur Hölle. Ich konnte nicht länger bleiben. Sie schlossen mich in einen Schrank ein. Wußtest du das? Sie behandelten mich wie ein wildgewordenes Tier und schlossen mich in einen Schrank ein! Es war entsetzlich! Ich mußte einfach auf und davon! Aber bevor ich ging, habe ich Judge noch einmal gesehen. Wir haben uns heimlich getroffen, und ich habe ihn angefleht, mit mir durchzubrennen.«

»Was, Sie trafen ihn noch einmal?«

»O ja, und keiner hat etwas davon erfahren! Weißt du, wir hatten ein Versteck, das unseres Wissens keiner kannte. Ein altes, verlassenes Haus, das wir ›die Burg‹ nannten. Ich blieb mit Judge die ganze Nacht über dort und flehte ihn an, mit mir zu fliehen, aber er wollte nicht.«

»Wegen Rachel!«

»Ach, nein, Rachel hatte nichts damit zu tun. Es war wegen seiner Mutter. Er wollte seine Mutter nicht allein lassen. Sie war krank und brauchte jemand, der sich um sie kümmerte, so daß Judge nicht weg wollte. O ja, er mochte Rachel sehr gern, aber sie hatte nichts damit zu tun. Er blieb also, und ich ging weg. Das war's dann! Du siehst, wie einfach es ist, dein Leben zu leben! Kaum der Rede wert! Du schließt das eine Auge und blinzelst mit dem anderen, und schon ist es vorüber!«

»Trotzdem geht das Leben weiter«, sagte ich. »Den anderen bleibt es überlassen, die Scherben zusammenzuklauben und daraus schlau zu werden.«

»Daraus schlau werden? Ach du meine Güte! Bist du etwa deswegen hier? Um nach dem Sinn des Ganzen zu suchen? Also, paß auf, du willst doch wissen, warum das alles passiert ist? Ich will es dir sagen: weil sich die Leute über sich selbst nicht im klaren waren. Darum ist es passiert!«

Ich sah Funken in Stevens Augen aufleuchten.

»Erzählen Sie mir von ihm!« forderte ich ihn auf. »Von Judge Martin. Was für ein Mensch war er?«

Steven lächelte.

»Ach, er war wundervoll«, sagte er. »Ganz einfach wundervoll. Tja, was fällt mir sonst noch dazu ein? Er war so schön! Manchmal fühle ich noch seinen Körper, aber die Leute haben uns ja auseinandergerissen!«

»Meine Mom!«

»Nein, nicht deine Mutter! Was hast du denn immer mit ihr?«

Ich ergriff seine Hand. Sie war weich wie die Hand eines Knaben, mit langen, sauberen Fingernägeln.

»Und Petra?«

»Was soll mit ihr sein?«

»Was für ein Mensch war sie?«

»Einfach großartig! Ich glaube, von ihr hätten wir noch viel lernen können, aber letzten Endes täuschte auch sie sich.«

»In meiner Mom...«

»Nein, laß doch endlich deine Mutter aus dem Spiel! Petra täuschte sich in sich selbst. Sie war gleichzeitig zu weise und zu naiv. Einmal im Leben müssen wir alle einer Petra Gerda begegnen!«

»Helen sagte mir, daß sie in einen Blätterhaufen gefallen und nie wieder aufgetaucht wäre!«

»Klingt plausibel! Vielleicht hat sie die geheime Tür zu einer anderen Welt gefunden, in die sie hineingeglitten ist: das Schlupfloch zu einem Märchenreich.«

»War sie jemals glücklich?«

»Petra? Wer weiß, aber wahrscheinlich war sie's, als ich sie kennenlernte. Obwohl ich glaube, daß sie zu weise war, um wirklich glücklich sein zu können. Sie war sich der ganzen Dummheit um sich herum bewußt. Wenn man all dies sieht, kann man nicht mehr glücklich sein! Aber sag mal! Nun will ich auch mal was von dir wissen – erzähl mir von Faith!«

»Von meiner Mom? Warum?«

»Weil ich weiß, was aus den anderen wurde! Ich habe nämlich mal ein Foto gemacht...«

»Ich hab's gesehen: Judge sieht Sie durchs Fenster an. Die drei Mädchen sind drauf – Rachel, Petra und meine Mom. Der Schatten des Fotografen ist im Bild und fällt auf meine Mom.«

»Ach, wie genüßlich du das sagst! Was für ein melodramatisches Kerlchen du doch bist! Der Schatten fällt auf deine Mom, meinst du? Hast du dir vielleicht zusammengereimt, daß deine Mutter all die Jahre in meinem Schatten gestanden hat? Ist das dein Hintergedanke?«

»Irgend so was.«

»Ach, du dummer Junge! Erzähl mir lieber was von Faith!«

»Nun, sie heiratete Ronnie Webster.«

»Den kenn ich nicht!«

»Er kam nach Ihnen!«

»Hast du Geschwister?«

»Nein.«

»Ist Faith glücklich?«

»Weiß ich nicht!«

»Ist sie dir so vorgekommen?«

»Ja, bis...«

»Bis?«

»Judge starb.«
»Hat sie eigentlich mit Judge noch gesprochen, als ich fort war?«
»Nein. Sie behauptete immer, daß sie ihn haßte, und impfte uns ihren Haß ein. Sie beschimpfte Judge und nannte ihn ›den Teufel‹.«
»Ach so, ja.« Er griff beschwörend nach meiner Hand. »Verstehst du denn immer noch nicht, wie sehr sie sich die ganzen Jahre über selbst gehaßt hat?«
»Mag sein!«
»Aber sie liebt dich doch!«
»Ja.«
»Und du liebst sie auch?«
»Ja, aber...«
»Aber was?«
»Wie könnte ich das denn noch, wo ich doch jetzt weiß, was sie ist und was sie getan hat?«
»Wenn du sie so lieb hast, wie ich glaube, kannst du ihr ja beibringen, was sie sein könnte, und ihr vergessen helfen!«
Ich stand auf, spazierte im Zimmer herum und berührte dabei die bunt durcheinandergewürfelten Marionetten und Puppen. Auf einem Stuhl in der Ecke saß ein häßlicher kleiner Dämon.
»Was ist denn das?« fragte ich.
»Ach ja!« Steven stand auf. »Das ist mein Liebling!« Er packte die Marionette: »Die älteste Puppe im Raum und die erste, die ich nach meiner Flucht gemacht habe.« Er schob seine Hand durch ein Loch in ihrem Rücken. Das Monster wandte mir sein Gesicht zu. »Dies«, verkündete Steven, »ist der schwarze Mann. Sag ›Hallo‹ zum schwarzen Mann!«
»Hallo, schwarzer Mann!« sagte ich.
»Hallo!« meckerte der Dämon und zeigte die gelben Fänge beim Öffnen seiner Kiefer. »Wie heißt du?«
»Concord Webster.«

»Ein guter Name!« fuhr er fort. »Schau mir in die Augen, Concord Webster, und sag mir, was du dort siehst!«
Ich blickte ihn wie gebannt an.
Seine Augen waren zwei Spiegelscherben.
»Was siehst du?« beharrte das Monster.
»Mich selbst!« erwiderte ich.
Steven ließ den Dämon herabsinken und sah mich an.
»Genau!« sagte er lächelnd.

19. Kapitel

»Ich möchte dir etwas zeigen«, sagte Helen.
Sie nahm mich mit hinauf in ihr Atelier, in dem es nach Tonerde und Staub roch, zog mich in eine dunkle Ecke und enthüllte eine Statue.
Sie stellte eine Frau dar.
»Die letzte Arbeit, die ich von ihr gemacht habe«, erklärte Helen. »Das ist Petra Gerda!«
Ich starrte fasziniert das Gesicht aus grauem Stein an. Die Augen bestanden aus zwei Löchern. Ich zitterte am ganzen Leib.
»Und der hier...«, sagte Helen und zeigte mir einen Kopf aus Gips. »Ich habe diese Maske Petra abgenommen, als sie noch bei mir war.«
Ich berührte den Kopf.
»Das ist alles, was von ihr übrig ist«, meinte Helen. »Sie ist es und auch wieder nicht. Du weißt, warum ich dir das zeige?«
»Ja.«
»Gut, dann gibt es ja noch eine Chance.«

Fünfter Teil

Die Tür des Teufels öffnen

20. Kapitel

Loverboy Tallis sah den Teufel an seinem achtzehnten Geburtstag. Er entdeckte ihn im Gesicht seines besten Freundes. Der Schock veranlaßte ihn zu verschwinden.
Wir kamen am frühen Morgen zurück. Die Straße kam mir irgendwie anders vor. Als ob alles in meiner Abwesenheit mit leicht verblaßten Farben gestrichen worden wäre. Ich sprach mit Cromwell darüber, aber er schien nicht meiner Meinung zu sein. Wahrscheinlich, weil er nicht wie ich in dieser Straße gelebt hatte. Er war nicht mit diesem Ort verwachsen. Manchmal können Orte genauso lebendig sein wie Personen und ins Bewußtsein eindringen, wo sie dann ein Eigenleben führen. Mir war noch gar nicht aufgefallen, wie sehr ich mit dem Ort verwachsen war, an dem ich zur Welt gekommen bin – bis ich Cromwell Martin kennenlernte und Bereiche meines Selbst entdeckte, die noch nicht davon befallen waren.
Wir gingen direkt zu Cromwells Wohnung und machten Tee. Weil es etwas frisch war, zündeten wir den Ofen an, um uns zu wärmen.
Cromwell sah müde aus.
»Ist was?« fragte ich ihn.
»Weißt du«, erwiderte er, »ich will wirklich nichts mehr davon wissen! Von der Vergangenheit, von allem, was früher passiert ist! Ich weiß auch, daß mein Vater und deine Mutter davon betroffen waren. Aber ich betrachte es nicht als Teil meines Lebens und möchte es auch nicht dazu kommen lassen! Wirklich nicht! Es verwirrt und ängstigt mich nur!«
»Ist ja schon gut«, sagte ich. »Wahrscheinlich hätte ich dich nicht zu Steven Feather mitnehmen sollen. Tut mir leid!«
»Ach nein, ich bin froh darüber, obwohl ich mit dem, was er sagte, nichts anfangen konnte. Das ist alles! Ein netter alter

Mann, aber mehr auch nicht! Vielleicht sollten wir ihn wieder einmal besuchen?«
»Mal sehen, wenn du willst!«
»Ach, ich weiß auch nicht so recht, was ich will! Das ist es ja eben!«
»Klar!« sagte ich.
Das Haus war völlig kahl. Helen hatte alles weggeschafft, was Judge Martin gehört hatte. Sie hatte die Farbe von den Wänden abgekratzt und sie neu gestrichen. Im Innern des Hauses hatte man das Gefühl, sich in einem riesigen, gebleichten Skelett aufzuhalten.
Ich erhob mich und betrachtete mich im Spiegel.
»Mensch, sehe ich aber gräßlich aus!« sagte ich.
»Du bist nur müde!« erwiderte Cromwell.
»Ich fühle mich aber nicht so, dazu bin ich zu unruhig. Beinahe so, als ob gleich etwas passieren würde und ich nicht wüßte, was!« Ich strich mir übers Haar.
Dann setzte ich mich zu Cromwell, nahm ihn in den Arm und liebkoste seinen Nacken. Ich spürte das Pochen seines Blutes an den Lippen. Ich berührte ihn ganz zart mit den Fingerspitzen, so als ob ihm der geringste Druck Schaden zufügen könnte.
»Ich werde den ganzen Tag und die Nacht durchschlafen«, sagte Cromwell.
»Tu das«, flüsterte ich ihm ins Ohr, »dann komm ich wieder und weck dich!«

Als ich nach Hause kam, saßen meine Eltern gerade beim Frühstück. Sie sahen kurz auf, als ich in die Küche kam. Mom war während meiner Abwesenheit beim Friseur gewesen. Sie war wieder ganz die alte. Eine Zigarette baumelte ihr lässig im Mundwinkel.
»Der verlorene Sohn!« murmelte Dad und las in seiner Zeitung weiter. Mom stand auf und starrte mich an. Ihr Blick hatte etwas Hartes und Funkelndes. Sie nahm die Zigarette aus dem Mund und blies mir den Rauch ins Gesicht.

»Willst du was?« fragte sie.
»Ich bin hungrig«, sagte ich.
»Dann setz dich!«
Ich setzte mich neben Dad.
»War's schön?« fragte er.
»Ja, sehr!«
»Schönes Haus?«
»Ja.«
»Fasanen gesehen?«
»Nein.«
»Überhaupt danach geschaut?«
»Nicht so richtig!«
»Was hast du dann eigentlich getan?«
»Gefaulenzt!«
»Mit Martins Sprößling?«
»Ja, mit Cromwell.«
»Aha!« sagte Dad und schaute auf die Uhr. »Ich bin spät dran! Wo ich doch Dicky versprochen habe, ihn auf dem Weg zur Arbeit mitzunehmen. Er bringt mich um, wenn ich zu spät komme!«
»Ach so, du sprichst wieder mit Dicky!« sagte ich.
Dad sah mich an und runzelte die Stirn.
»Was soll das?«
»Ich dachte, ihr würdet nicht mehr miteinander sprechen!«
»Red doch keinen Blödsinn!«
»Aber du hast doch gesagt...«
»Jetzt hör mir mal gut zu, junger Mann! So langsam habe ich die Schnauze voll von deinen spitzen Bemerkungen! Ich bin nicht einer von deinen Kumpels und auch nicht deine Mutter! Du kannst mit mir nicht so umspringen, wie du gern würdest. Entweder du gewöhnst dir im Umgang mit mir ein bißchen Respekt an, oder du fliegst raus! Hast du mich verstanden? – *Raus!*«
»Ach, fang doch nicht schon wieder an, Ron!« sagte Mom.
»Und du hältst dich hier gefälligst raus! Nur weil du dich

von ihm in den Schmutz ziehen läßt! Verdammt noch mal, er kommt und geht, wie's ihm paßt, verwechselt unser Haus mit einem Hotel und behandelt uns wie seine Sklaven! Nur laß ich mir das nicht gefallen! Hast du mich verstanden, mit mir machst du das nicht!«

»Aber bevor ich wegging«, erwiderte ich verdutzt, »hast du mir doch verboten, mit Loverboy zu sprechen...«

»Halt bloß die Klappe, mein Junge! Ich warne dich! Halt's Maul, oder ich tu etwas, was mich später reuen würde! Ich warne dich!«

Es entstand eine Pause. Einen Augenblick lang dachte ich, daß er mir einen richtigen Faustschlag verpassen würde, so als ob ich nicht sein Sohn, sondern nur jemand wäre, den er verletzen wollte.

»Du kommst zu spät!« sagte Mom und drückte ihm die braune Papiertüte mit seinen Broten in die Hand. »Du machst dich jetzt besser auf den Weg!«

Als er an der Eingangstür ankam, drehte er sich noch einmal um.

»Soll ich dir mal was sagen!« rief er zurück. »Du nimmst alles zu ernst, du und deine Mutter! Das ist euer Problem! Darin gleicht ihr euch wie ein Ei dem anderen. Ihr beide habt auch kein bißchen Sinn für Humor!«

Dann knallte er die Tür zu.

»Mach dir nichts draus, es ist ihm nur peinlich!« versuchte Mom mich zu beruhigen und stellte ein Toastbrot mit Rührei vor mich hin.

»Peinlich?«

»Daß er sich wieder mit Dicky verträgt!« Sie setzte sich zu mir an den Tisch und zündete sich wieder eine Zigarette an. »Wenn er nach Hause kommt und mir beiläufig erzählt, daß er mit Dicky in der Kneipe war, lächle ich nur, nicke und frage ihn dann, ob es nett war. So muß man mit ihm umgehen! Ich werde mich hüten, ihm peinliche Fragen zu stellen. Ach, laß ihm doch seinen Spaß! Männer sind wie kleine Jungen, die nie erwachsen werden!«

Wir saßen eine Weile schweigend da.
Ich aß meine Rühreier.
Mom beobachtete mich dabei die ganze Zeit.
Als ich fertig war, lächelte ich sie an.
Sie lächelte zurück und blies Rauchringe in die Luft.
Ich mußte lachen. »Du kannst das ja immer noch so gut!« sagte ich.
»Es ist schwer, mit alten Lastern zu brechen!«
»Dein Haar sieht hübsch aus!«
»Man muß etwas für sich tun!«
»War es teuer?«
»Nein, Angela hat's mir gemacht.«
»Sieht toll aus!«
»Na ja, so wird wenigstens das Grau verdeckt!«
»Bekommst du graue Haare?«
»Schon seit Jahren!«
»Tut mir leid!«
»Na ja, nichts zu ändern!«
»Nein, nicht wegen deines Haars, sondern wegen dem, was ich gesagt hab!«
»Ach so«, erwiderte sie.
»Mir tut alles so furchtbar leid!«
»Ja«, murmelte sie, »mir geht's genauso!«
»Es ist nur...«
»Was?«
»Irgendwie finde ich es eben schwer, dich zu verstehen! Weiß auch nicht, weshalb!«
Sie warf die Zigarette in die halbvolle Kaffeetasse. Es zischte.
»Während du fort warst, habe ich viel darüber nachgedacht und dann beschlossen, dir nichts zu erklären. Weißt du warum? Weil ich's mir selber nicht erklären kann. Darum! Ich wünschte, ich wäre dazu in der Lage! Aber es ist nicht möglich!«
»Ich habe Steven Feather kennengelernt«, sagte ich.
Sie starrte mich an.

»Wie das?«
»Helen Martin hat mir erzählt, wo er ist.«
»Steven Feather«, sagte sie. »Nun, wie geht's...?«
»Wirklich ganz gut. Er fragte mich, wie es dir ginge.«
»Ach, es ist schon so lange her...«
»Ich mag ihn gern!«
»Ja, ich konnte ihn auch sehr gut leiden!« antwortete meine Mutter.

Es gibt ein altes vergilbtes Foto mit umgebogenen Rändern. Auf diesem Foto sind drei junge, noch sehr mädchenhafte Frauen zu sehen: Petra Gerda, Rachel Sims und Faith Niven. Petra und Rachel schauen in die Kamera. Faith Niven blickt zu den beiden anderen hinüber. Auf der linken Seite des Fotos ist ein Fenster. Hinter dem Fenster ist ein Gesicht zu sehen: Ein noch sehr jung aussehender Mann. Er hat aus der Stirn zurückgestrichenes, pechschwarzes Haar, einen blassen Teint und dunkle Augen. Es ist Judge Martin. Er schaut ebenfalls in die Kamera, blickt die Person an, die das Foto knipst. Sein Blick ist voller Liebe, Hoffnung, Erwartung. Vom unteren Rand des Fotos steigt ein Schatten auf, der auf Faith Niven fällt. Steven Feathers Schatten... Faith nimmt den Schatten nicht wahr, weil sie nach ihren Freundinnen blickt. Auf diesem Foto wurde ein Augenblick eingefangen, in dem alles hätte wunderbar sein können: Judge wollte mit Steven weglaufen, Petra war in Rachel verliebt. Es hätte wie im Märchen sein können. Aber es kam ganz anders; und als der Verschluß klickte, um diesen einzigartigen Augenblick festzuhalten, mußte darin schon ein verhängnisvoller Ton mitgeschwungen haben.

Ich suchte Loverboy Tallis auf.
Wir saßen in seinem Zimmer und unterhielten uns.
»In der Burg war es sehr einsam ohne dich«, fing er an.
»Ja«, sagte ich nur.
In der kurzen Pause, die folgte, entstand ein peinliches

Schweigen zwischen uns. Der Klang von zerspringendem Glas.
»Ich habe mich verliebt«, sagte ich.
»In Cromwell?«
»Ja.«
»Das dachte ich mir. Ich wußte es, als ich ihn in der Burg sah. Aber wo bleibe ich dabei?«
»Ich versteh dich nicht, Tal!«
»Dann laß es mich erklären! Hier versuche ich nun Angela immer noch davon zu überzeugen, daß sie mich heiraten soll...«
»Aber warum sie überzeugen?«
»Was bleibt mir denn anderes übrig?«
»Willst du...?«
»Meine Eltern flippen aus, wenn ich sie nach dieser langen Zeit nicht heirate!«
»Aber Tal..!«
»Verläßt du mich wegen Cromwell Martin?«
»Ich verlasse dich doch nicht!«
»Wissen deine Eltern...?«
»Was heißt, wissen?«
»Von dir?«
»Was meinst du eigentlich?«
»Von dir und Cromwell Martin?«
»Ich weiß nicht«, sagte ich.
»Ach so.«
»Warum?«
»Ach nichts!«
»Warum, Tal?«
»Vergiß es! Ich hab morgen Geburtstag!«
»Ich weiß.«
»Wir machen also doch eine Party! Unsere Väter vertragen sich ja wieder. Alles in Butter, wie?«
»Ja«, sagte ich nur.
»Ich schau heute abend bei Angela vorbei. Sie hütet wieder ihren kleinen Bruder, ja? Ich werde sie zu einer Entschei-

dung zwingen, ja? Weißt du, ich möchte es bei der Geburtstagsparty bekanntgeben.«
»Was?«
»Unsere Verlobung«, sagte er.
»Tal, was ist los mit dir? Du bist anders als sonst!«
»So, bin ich das? Bekommst du Muffensausen?«
»Ja!«
»Ach, mein armer Concord! Mein armer, armer Concord!«

Ich ging zu Cromwells Haus.
Ich steckte den Schlüssel ins Schloß und sperrte die Tür auf.
Der Flur war weiß und roch nach Fichtennadeln. Ich ging hinauf und berührte die Tür zum Schlafzimmer.
Wie durch Zauberhand sprang sie geräuschlos auf.
Wie kann ich meine Liebe beschreiben, wenn Worte versagen? Genügt es zu sagen, daß ich ihn liebe? Es genügt natürlich nicht! So wird der Versuch zu guter Letzt bedeutungslos.
Das Zimmer war in ein sanftes, abendliches Zwielicht getaucht. Ein bernsteinfarbener Lichtstrahl fiel durch einen Spalt zwischen den Vorhängen und beleuchtete das Bett.
Wie er so dalag, glich er einem Engel: Er war völlig nackt.
Sein alabasterfarbener Körper erstrahlte in goldenem Leben. Als ich ihn betrachtete, kroch ihm ein Marienkäfer über die Wange.
Ich ging zum Bett hinüber und küßte ihn.
Er schlug die Augen auf.

21. Kapitel

Am Morgen ging ich weg. Cromwell lag noch im Bett.
Als ich die Straße entlangspazierte, klopfte Mama Zep an ihr Fenster und winkte mich herein.

»Hast du's schon gehört?« fragte sie.
»Was denn?«
»Hast du die Sirenen in der Nacht denn nicht gehört?«
»Nein«, erwiderte ich.
»Liebe macht taub, wie es scheint!«
»Was ist denn passiert?«
»Etwas Schlimmes in Angela Calverts Haus!«
»Angela? Was denn?«
»Ich hab noch nicht alles herausbekommen, aber...«
»Was denn?«
»Soviel ich weiß, hat sie versucht, Paul zu töten. Sie wollte ihren eigenen Bruder umbringen. Wahrscheinlich ist er erblindet. Sie hat ihm nämlich Wäschebleiche in die Augen gegossen. Er ist jetzt im Krankenhaus.«
»Und Angela?«
»Ist zu Hause.«
Ich stürmte aus dem Haus.

Ich klopfte an die Eingangstür.
Sheila Calvert öffnete mir.
»Ach, Connie!« sagte sie. Sie sah aus wie ein lebender Leichnam. Ihre Augen waren blutunterlaufen und geschwollen.
»Ich hab's gerade gehört!« sagte ich.
»Ach ja!«
»Wie geht's ihm?«
»Sie können noch nichts sagen!«
»Können sie denn seine Augen retten?«
»Sie wissen es noch nicht!« rief sie und fing an zu weinen.
Ich führte sie in die Küche. Wir setzten uns. Sie schluchzte in ein altes Geschirrtuch.
»Frank ist in der Klinik«, erklärte sie, »und ich werde gleich auch hingehen. Du solltest ihn sehen! Sein kleines Gesicht! Ich werde es mein Lebtag nicht mehr vergessen, ach du lieber Gott!«
»Wo ist denn Angela?«

»Oben in ihrem Zimmer!«
»Kann ich zu ihr?«
»Mach mit ihr, was du willst! Sie ist nicht mehr meine Tochter! Ich will sie nicht mehr bei mir im Haus haben! Sie soll zum Teufel gehen!«
»Aber Sheila!«
»Sie ist eine Hexe!«
»Nein, Sheila!«
»Doch, eine Hexe!«

Ich klopfte an Angelas Tür.
Keine Antwort.
Ich ging hinein.
Angela saß auf einem Stuhl neben dem Bett und starrte die Wand an. Ihr Gesicht war völlig ausdruckslos. Sie zuckte mit keiner Wimper, als ich mich ihr gegenüber niederließ.
»Angela?«
Keine Antwort.
»Angela?«
Sie sah mich an.
»Ich weiß nicht mehr, wie ich's fertigbrachte«, sagte sie, »aber ich hab's eben getan!«
»Erzähl!«
»Ich hab's schon zigmal erzählt!«
»Aber nicht mir!« sagte ich.
»Na ja, Loverboy war bei mir, und wir waren in diesem Zimmer. Paul schlief. Atmete keuchend. Ach, sein verfluchtes Keuchen! Ich saß mit Loverboy auf dem Bett. Wir sprachen miteinander. Dieses Gequassel! Endlos. Er hörte einfach nicht mehr auf zu quatschen. Von wegen, was hier los wäre, wenn wir's nicht tun würden. Was würde man in der Straße dazu sagen, fragte er mich. Ach du lieber Himmel! Zuletzt fingen wir an zu streiten. Ein richtiger Krach. Ein Rededuell, bei dem wir uns gegenseitig anbrüllten. Loverboy stürzte wütend davon. Paul wacht auf, keucht mich an,

keucht... Herr im Himmel, hilf mir! Ich weiß nur noch, daß ich dann die... geworfen...«

»Angela!« Ich griff nach ihrer Hand.

»Nein!« sagte sie und zog die Hand weg. »Hast du's denn nicht verstanden? Ich bin jetzt nicht mehr der Engel Angela, sondern eine Hexe!«

»Nein!« widersprach ich.

»Meine Mutter hat's mir doch gesagt: eine Hexe!«

»Glaub's doch nicht!«

»Was bleibt mir anderes übrig?«

Als ich nach Hause kam, merkte ich sofort, daß etwas nicht stimmte. Mom und Dad waren im Wohnzimmer.

»Habt ihr von...?« begann ich.

»Ich weiß«, erwiderte Dad. »Das ist noch gar nichts! Loverboy war hier...«

»Ach so?«

»...und hat uns die Augen geöffnet!«

»Über Angela?«

»Nein, über dich!«

»Ach ja?«

»Über dich und Cromwell Martin!«

»Ach ja?«

»Stimmt das?« wollte Dad wissen.

»Ja«, antwortete ich nur.

Er stürzte auf mich zu und packte mich mit solcher Wucht am Kragen, daß ich gegen die Wand geschleudert wurde. Ich schlug mit dem Kopf an einem Lichtschalter auf, was entsetzlich schmerzte.

»Ich will dich in diesem Haus nicht mehr sehen«, fauchte er mich an. »Hast du mich verstanden? Raus mit dir!«

Ich dachte, daß er mich erwürgen würde.

Mom stieß ihn weg.

»Laß ihn los!« schrie sie.

Er drohte ihr mit der Faust.

»Verdammt, untersteh dich bloß, mich anzurühren, Ronald

Webster!« zischte sie. »Untersteh dich! Mich oder ihn! Faß ihn noch einmal an, dann kratz ich dir die Augen aus, ich schwör's dir!«
»Wie, du ergreifst seine Partei?«
»Los, raus jetzt!« schrie sie ihn an. »Ich bring dich noch im Schlaf um! Ich schwör's dir!«
»Ach, leckt mich doch am Arsch!« brüllte Dad und stürmte hinaus.
»Alles in Ordnung?« fragte Mom.
Ich nickte.
Sie hielt mich schluchzend in den Armen.
»Wo ist Loverboy?« fragte ich.
»Keiner weiß es. Eben gerade ist Ivy hiergewesen. Offenbar ist er seit gestern abend nicht mehr gesehen worden. Er muß zu uns gekommen sein, nachdem er von Angela weggegangen ist. Seitdem hat man nichts mehr von ihm gehört.«
»Ich werde ihn suchen«, sagte ich.
Mom faßte mich an der Hand.
»Alles in Ordnung«, versicherte ich ihr. »Nichts gebrochen!«

Als ich in der Burg ankam, war Loverboy schon da und trug die Drachenmaske.
»Was für ein mieses Spielchen treibst du da?«
»Wie meinst du das?«
»Mich bei meinen Eltern zu verpetzen und all das! Weißt du denn, was in der vergangenen Nacht passiert ist, nachdem du von Angela weggelaufen bist?«
»Ja, aber ich bin nicht schuld daran.«
»Ich habe nicht gesagt, daß es deine Schuld ist. Aber es geht auch dich etwas an. Wie uns alle hier!«
Er wandte sich von mir ab.
Ich stürzte mich wutentbrannt auf ihn.
»Ausgerechnet dich habe ich für meinen Freund gehalten!« brüllte ich ihn an.

Die Augen des Drachen sahen mich unbewegt an.
»Ich hab dir vertraut, Tal!«
»Warum?«
»Ich... ich...« Weil es mir die Sprache verschlagen hatte, stieß ich ihn zu Boden. »Du Scheißkerl!« schrie ich.
Dann schlug ich erbarmungslos auf ihn ein.
Kniete auf seinem Brustkorb. Drosch immer wieder auf ihn ein.
Infolge meines unerbittlichen Zorns löste sich die Drachenmaske in ihre Bestandteile auf. Loverboys Gesicht war blutüberströmt. Immer noch schlug ich auf ihn ein.
Er versuchte zurückzuschlagen, aber ich hielt seine Arme mit den Knien fest.
Schließlich kroch ich erschöpft von ihm herab, torkelte zum Sofa, auf das ich mich fallen ließ, und fing an zu weinen.
Stille trat ein.
Dann stand Loverboy auf, starrte mich fassungslos an und spuckte Blut auf den Boden.
»Stille Wasser gründen tief!« sagte er. »Du bist genau wie die anderen, kein bißchen besser!«
»Tal...«, begann ich.
»Ich bin hier unerwünscht!«
Ich sah ihn an.
Er schien mir zuzulächeln.
Ich zwinkerte nur ein einziges Mal mit den Augen. Als ich sie wieder öffnete, war Loverboy verschwunden. So als ob es ihn nie gegeben hätte. Wo er gestanden hatte, lag die zerdrückte Drachenmaske. Ich blieb eine Zeitlang still sitzen.
»Ich dachte mir, daß du hier bist!« sagte eine Stimme.
Cromwell setzte sich neben mich.
Ich sank hilflos an seine Brust, und er versuchte, mich zu trösten.
Plötzlich hörte ich ein seltsames Kratzgeräusch. Etwas bewegte sich auf dem Boden. Zuerst hielt ich es für Ratten und richtete mich erschreckt auf. Aber nein, keine Ratten!

Ich sah Cromwell an.
Um seinen Kopf funkelten rote Sterne wie ein Glorienschein aus lauter kleinen Kometen. Im ganzen Raum waren Tausende und Abertausende von verschiedenartigen Kratzgeräuschen zu hören, die alle klangen wie Glas auf Holz.
Dann tauchten aus jedem Winkel des Raums kleine blaue Glasstücke auf, die von Cromwell wie von einem Magneten angezogen wurden. Er streckte die Hand aus, und wie bei einem zurückgespulten Film wurde der blaue Delphin wieder ganz, die Scherben der zerbrochenen Figur fügten sich in Cromwells ausgestreckter Hand wieder zusammen.
Er gab sie mir.
»Ja«, sagte ich nur und lächelte.

In dieser Nacht machte Cromwell mein Haar naß. Es hing mir strähnig über die Schultern herab. Dann nahm er eine Schere zur Hand. Er blieb damit vor mir stehen und starrte sie gedankenvoll an.
»Was ist los?« fragte ich.
»Ach, es ist so schade!« erwiderte er leise.
»Warum?«
»Weil dein Haar so schön ist! Es hat sicher Jahre gebraucht, bis es so lang war!«
»Nur zu!« ermunterte ich ihn. »Bitte!«
Vorsichtig fing er an, mir die Haare abzuschneiden. Als es kurz genug war und nur noch aus ungleichmäßigen Stoppeln bestand, seifte er meinen Schädel mit Rasierschaum ein.
Dann griff er nach einem Rasiermesser.
Wieder zögerte er.
»Beeil dich!« sagte ich. »Mein Kopf juckt!«
Cromwell fuhr mit dem Rasiermesser durch die Stoppeln. Haare und Rasierschaum fielen klümpchenweise auf den Boden wie winzige, rote Kothaufen. Als mein Schädel glattrasiert war, schaute ich mich im Spiegel an. Die bloßgelegte

Kopfhaut war heller als die Haut am übrigen Körper. Mein Schädel fühlte sich frisch und zart an, verwundbar.
Ich sah so verändert aus, daß es mich erschreckte. Das war gar nicht mehr ich! Mir schauderte bei dem Gedanken.
Cromwell trat hinter mich.
»Zufrieden?« fragte er.
»Ich weiß nicht«, erwiderte ich.

Als ich die Tür zum Wohnzimmer öffnete, sah ich mich Mom und Dad gegenüber.
»Menschenskind!« zischte Dad und erhob sich.
»Ich wollte es euch nur zeigen!« sagte ich.
»Du siehst…«
»Es ist mir gleich, was ihr denkt!« sagte ich. »Ihr versteht mich sowieso nicht. Ich wollte es euch nur zeigen! Ihr könnt über mich denken, wie ihr wollt, und mich nennen, was ihr wollt! Ich dachte nur, daß ihr es wissen solltet!«
Mom stand auf. »Danke!« sagte sie leise.
Ich lächelte.
»Ich wollte es euch nur sehen lassen!« sagte ich und kehrte ihnen den Rücken.
»Es ist der Einfluß dieses Jungen!« hörte ich meinen Dad sagen. »Ich weiß es ganz bestimmt. Ich verbiete dir, mit ihm noch zu verkehren! Der kleine Scheißkerl ist an allem schuld. Untersteh dich, dieses Haus noch einmal zu betreten!« rief er hinter mir her.
Ich verließ sie.
Draußen leuchteten die Sterne am Nachthimmel. Ich fühlte mich sicher und beschwingt, als ich die Straße hinunterging. Ja, dachte ich, es gibt noch eine Chance! Keiner kann mich daran hindern, das Haus zu betreten. Keiner kann mich daran hindern, die Tür zu öffnen.
Ich habe ja den Schlüssel!

Unterhaltung

Michael Bracewell
Schnelle Jahre
Roman. Band 10187
Endlich ein Zyniker auf der Szene: Der Roman über die Unmöglichkeit der Liebe und Hingabe an Menschen oder an Kunst, Literatur, Philosophie …
»… das beeindruckendste literarische Debüt Englands in den letzten Jahren.«
Time Out

Daniel Asa Rose
Kopf oder Zahl
Roman. Band 10121
Ein Roman, so sensibel wie die Männer. »Rose erzählt geradewegs aus seinem Herzen heraus – und das muß gefährlich nahe bei seinen Lachmuskeln liegen.«
Publishers Weekly

Fischer Taschenbuch Verlag

fi 1600/1